紫式部は今日も憂鬱

令和言葉で読む『紫式部日記』

堀越英美
紫式部
監修＝山本淳子

扶桑社

この日記を書くまでのはなし

私は紫式部。漢学者・藤原為時(ためとき)の娘として生まれた。今は帝の后妃に仕える女房として働いている。ちなみに「女房」とは妻のことではなく、貴族に仕える女性のこと。私の最初の女房ネームは、藤原の藤と父の官職「式部丞」を合わせた藤式部(とうのしきぶ)だったの。でも私が書いた『源氏物語』が有名になってからは、ヒロインの紫の上に引きずられて紫式部って呼ばれるようになった。

父は人付き合いが苦手な漢文オタクで、十年間官職につけず貧乏暮らし。母は早くに亡くなっていて、私に求婚する人はなかなか現れなかった。女の実家が男を養うのが、私たち貴族の結婚ルール。女はまず実家が太くないと、男に見向きもされないのだ。

「漢文が読めるなら宋の商人とバチバチにやりとりできるだろ?」ってことで父が越前守に

抜擢されてから、ようやく二十代後半で結婚。求婚してくれたのは、変わり者と評判だった親戚の藤原宣孝（のぶたか）だった。親子くらい年が離れているうえに、すでに三人の妻がいる遊び人の彼と、なぜ結婚したかって？　なかなかなびかない私のことを「おもしれー女」と思ったのかグイグイきてくれて、ついほだされてしまったというのが本当のところだ。手紙に赤い墨汁をたらして「君が冷たいせいで血涙流してるんだからね！」なんて和歌で迫る男、ほっとけないでしょ。それに私たちの時代は、男が女の家に三晩続けて通ってお餅を食べれば結婚成立なんだから、勢いでできてしまうところもあるっていうか……。

で、結婚したとたん、夫は私の家から足が遠のいた。そして三年ほどして、疫病であっけなく亡くなってしまった。一人娘・賢子（けんし）を遺して。

そんなつらい現実を忘れるために書き始めたのが『源氏物語』だった。この物語の執筆がきっかけで、私は一条天皇の中宮・彰子（しょうし）様のもとに仕えることになった。寛弘二年（一〇〇五年）のことだ。中宮様のご両親である藤原道長殿と奥様たってのご要望だった。

どうやら道長殿は、18歳になった彰子様にお子様ができないことに焦り、彰子様の後宮をテコ入れしたかったみたい。もともと一条天皇は、中宮だった定子（ていし）様一筋だったの。でも道長殿がまだ12歳だった彰子様を強引に入内させて、彰子様を中宮に、定子様を皇后にしてしまった。正式なお后が二人もいるなんて異例中の異例なんだけど、それくらい道長殿の政治的な力が強かったということ。

政争に巻き込まれて追いやられるかたちになった定子様は、失意のまま出産で死亡。でも学問好きの一条天皇は、明るくて漢詩の教養がある定子様を忘れられず、幼すぎる彰子様には見向きもしなかった。定子様の後宮が、清少納言なんかがいる華やかな知的サロンだったのは有名でしょ。道長殿は彰子様に皇子を産ませて自分の権勢をより確かなものにするため、同じくらい帝ウケする知的サロンを作ろうとしたんでしょうね。それで話題作の作者である私に白羽の矢が立ったわけ。

正直私は、ずっと実家の御簾（みす）の中に引きこもってのんびり暮らしていたかった。住み込みの女房になって、人付き合いしなきゃいけないなんてダルすぎる。第一、貴族の女が家族以外に顔を見せるなんて下品じゃない。

そんなふうにグダグダ言ったところで、道長殿みたいな権力者に逆らえるわけがない。それに、ひとりで娘を育てなきゃいけないし、父は頼りにならんし、下品でもなんでも、働くしかないのだ。

勤めはじめのころは、『源氏物語』のファンです！って話しかけてくれる女房がいたらいいなあという期待がないでもなかった。ところが女房たちは氷のように冷たかった。どうやら『源氏物語』が話題になりすぎたせいで、隙あらば和歌を詠んで人を見下すインテリクソ女だと思われていたっぽい。女房の世界こわすぎ。宮仕え無理すぎ。

それでしばらく出仕拒否していたんだけど、宮中からは出仕を催促する和歌が次々と届く。しかたなく、五か月後に職場復帰。おバカを演じていれば先輩女房たちにいじめられずにすむって気づいてからは、どうにか宮仕えをこなせるようになった。中宮様はお優しいし、道長殿が貴重品の紙や墨を提供してくれるから、『源氏物語』も書き続けられるしね。

そうしてようやく宮仕えに慣れた寛弘五年（一〇〇八年）、ついに中宮様がご懐妊された。道長殿はもちろん大喜び。出産予定日を二か月後に控え、七月に中宮様は道長殿の邸宅である土御門（つちみかど）邸に里帰りされた。宮中は血のケガレを嫌うから、天皇の后妃は実家で出産するきまりなのだ。それで私たち女房も一緒に土御門邸入りすることになった。その際、道長殿にお産の記録を付けるように命じられた。

この日記は、その出産レポをもとに寛弘七年（一〇一〇年）にまとめたものだ。将来勤めに出る娘のために、女房としてのライフハックも書き足しておいた。

というわけで日記は、秋の土御門邸から始まる。

目次

この日記を書くまでのはなし　〇〇三
登場人物紹介　〇十六

第一章　初マタ中宮様とバタバタ藤原家

一　中宮様の里帰り　〇二二
二　夜明け前のハードコア祈祷　〇二四
三　イケオジ道長殿と歌のやりとり　〇二六
四　道長殿の長男は王子様キャラ　〇二九
五　問われるプレゼント力　〇三一
六　貴公子たちのセッション　〇三三
七　寝ているときもかわいい宰相の君　〇三五
八　菊でエイジングケア　〇三七
九　出産前夜、月とアロマを楽しむ　〇三九

平安マメ知識〈1〉土御門邸と寝殿造りの内側（想定図）　〇四〇

第二章　出産レポ

一〇　いよいよ出産〜物の怪をぶっとばせ　〇四四
一一　難産に女房たち大号泣　〇四七
一二　皇子、爆誕　〇五〇
一三　パーティーに備えておめかしの準備　〇五四
一四　うれしさを隠しきれない藤原家　〇五五
一五　帝からの出産祝い　〇五六
一六　御湯殿の儀式の女房コーデ　〇五八
一七　顔が盛れないのでサボります　〇六二
平安マメ知識〈2〉女性の衣装　〇六四

第三章　産後はパーティー三昧

一八　九月十三日、中宮職主催パーティー　〇六六
一九　九月十五日、道長殿主催パーティー　〇六七
二〇　九月十六日、夜の舟遊び　〇七四
二一　九月十七日、朝廷主催パーティー　〇七七
二二　九月十九日、道長殿の長男主催のパーティー　〇七九
二三　道長殿、おしっこをひっかけられて大喜び　〇八〇
二四　水鳥もたぶんつらい　〇八二
二五　闇が深い友達とのやりとり　〇八四

第四章　帝が土御門邸にやってきた

二六　行幸当日に仕事キライモード発動　〇八八

二七　行幸の女房コーデ　〇九二
二八　行幸ライブ～光栄すぎて泣く道長殿　〇九五
二九　すごいよ！　赤子パワー　〇九八
三〇　チャラ公卿に塩対応　〇九九

第五章　誕生五十日目のパーティーは大波乱

三一　五十日の祝いで酔い散らかす貴族たち　一〇四
三二　道長殿の自己肯定感がストップ高　一一〇

第六章　中宮様、宮中へ帰る

三三　コピー本製作で大忙し　一一四

三四　趣味友との交流という栄養で救われてきたけれど　一一六
三五　着ぶくれても、一人　一二〇
三六　手土産はおしゃれ和歌集　一二三

第七章　平安京ガールズコレクション（五節の舞姫）

三七　五節の舞姫の会場入り　一二六
三八　帝の前で五節の舞のリハーサル　一三〇
三九　人前で顔をさらすなんて無理無理のむり　一三四
四〇　みんなでイタズラ大作戦　一三八
column　左京はどうしてバカにされているの？　一四一
四一　十代はアイドルフェスよりもお部屋デート　一四四
四二　イタズラ大作戦その後　一四五

第八章　年の暮れに大事件勃発

四三　夜が更ける、私も老ける　一五〇
四四　大晦日の全裸女房事件　一五一

第九章　女房たちについていろいろ言いたい

四五　宰相の君が正月からかわいい　一五六
四六　女房美女名鑑　一五八
四七　女房美女名鑑　若い子編　一六一
四八　斎院vs中宮御所　一六四
四九　なぜウチらは地味なのか　一六八
五〇　和泉式部・赤染衛門・清少納言に一言　一七三
column　紫式部と清少納言　一七六

第一〇章 私もたいがいなんですが

五一 人のこと言ってる場合じゃなかった 一八二
五二 クセつよな私の処世術 一八五
五三 結局、無難が一番 一八七
五四 日本書紀おばさんと呼ばれて 一八九
五五 もう出家したい 一九二
五六 愚痴も悪口もこれでおしまい 一九三

第一一章 浮かれてはいられないお年頃

五七 土御門邸で舟遊び 一九六
五八 私に『源氏物語』みたいな恋愛を期待しないでほしい 一九九

第一二章　中宮様、二児の母になる

五九　兄弟で頭にお餅をのせられる　二〇四
六〇　道長じいじ、孫二人をめちゃめちゃにかわいがる　二〇六
六一　弟宮の五十日のお祝い　二〇九

日記の後の私たち　二一六
あとがき　二二〇
参考文献　二二三

登場人物紹介

主要人物

藤原彰子

藤原道長殿の長女。わずか12歳で一条天皇に入内（じゅだい）し、翌年中宮となる。14歳で亡き中宮・定子様が遺した敦康親王（あつやすしんのう）の面倒を見ることになったりと、気苦労の絶えない人生。

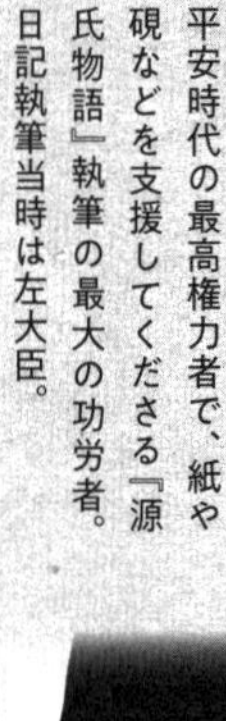

藤原道長

平安時代の最高権力者で、紙や硯などを支援してくださる『源氏物語』執筆の最大の功労者。日記執筆当時は左大臣。

源倫子（ともこ）

道長殿の奥様（正室）。四人の娘（彰子、妍子（けんし）、威子（いし）、嬉子（きし））と二人の息子（頼通、教通）がいる。宇多天皇の曾孫なので、実家の太さで道長殿に圧勝している。

一条天皇

漢文学をこよなく愛する第66代天皇。定子様とラブラブで内気な彰子様のことは放置ぎみだったけど、漢文を勉強しようとする彰子様のけなげさに惹かれつつある。

小少将の君

おっとりしていて、中宮様に仕える女房のなかで一番仲がいい。二人の部屋を一つにして一緒に暮らしている。実は彰子様のいとこでお嬢様。

大納言の君

小少将の君の姉妹で、同じく中宮様にお仕えしている。

宰相の君

〈藤原豊子〉

上臈の女房で、中宮様の第一子・敦成親王の乳母。美人で有名な藤原道綱の母（『蜻蛉日記』の作者）の孫でビジュアルが最強。

伊勢の大輔

私がかわいがっている新人女房。祖父が勅撰集の撰者の大中臣能宣、父も有名歌人の大中臣輔親という和歌セレブ一家に育つ。才能があってかわいいのでイベントに抜擢されがち。

左衛門の内侍

内裏女房と彰子様の女房を兼任。帝の言葉を伝える内侍という重要な役割を担うバリバリのキャリア女子だけど、私の悪口を言いふらしているいやなやつ。

中宮の大夫（だいぶ）
〈藤原斉信（ただのぶ）〉

中宮職の長官で、何事もスマートなエリート。女房と知的なやりとりをするのが好きで、面白ハイスペイケメンとして女房に大人気だったのは『枕草子』でもおなじみ。

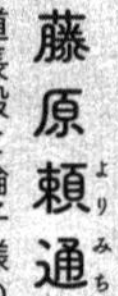

藤原頼通（よりみち）

道長殿と倫子様の長男。実家が太すぎるので出世が早く、中宮様の出産パーティーを主催したときは東宮（とうぐう）の権大夫だったけど、中宮様の第二子が生まれたときは左衛門の督に昇進している。

藤原教通（のりみち）

道長殿の五男で、倫子様にとっては次男なので、頼通様ともども嫡子として扱われている。中宮様のご出産のときは13歳で右近衛中将。賀茂の臨時祭では勅使という大任を果たす。

権中納言（ごんちゅうなごん）
〈藤原隆家（たかいえ）〉

定子様の弟。恋人が花山法皇と浮気していると勘違いした兄・伊周と一緒に弓でカチコミをかける。この事件を道長殿に利用されて定子様は没落するも、隆家は道長殿にかわいがられた。

宰相の中将〈藤原兼隆（かねたか）〉

道長殿の兄・藤原道兼の息子。父を亡くしてからは道長殿の縁故に頼る。花山法皇カチコミ事件では道長派につき、十代で公卿になる。

右大将〈藤原実資（さねすけ）〉

クソまじめな有能官僚。朝廷の礼式や法令に詳しく、女房が衣装でルール違反をしていないかをチェックしている。『小右記』という日記を細かくつけている。

右大臣〈藤原顕光（あきみつ）〉

おべんちゃらが上手だけど酒癖が悪くてとんでもないヤラカシをしがち。道長殿も「至愚之又至愚也」（バカ界一の大バカ）と罵倒したことが『小右記』に書かれている。

解説担当

女三の宮の飼い猫

『源氏物語』第三十四帖「若菜上」に登場。追いかけっこをしているうちに紐が御簾にからまって、女三の宮の顔を柏木に見せ、物語を大展開させるきっかけを作ってくれた魔性の天才猫。「ねうねう」とかわいく鳴いて柏木をメロメロにする。かわいくて天才の猫ちゃんに日記本文の解説は任せた。本文中の解説ワードには肉球（🐾）マークがついているよ。

※部屋や衣装の名称は、「平安マメ知識」のページを参照してね。衣装の色のイメージは、この本のカバーにある「平安カラーチャート」が参考になるかも。

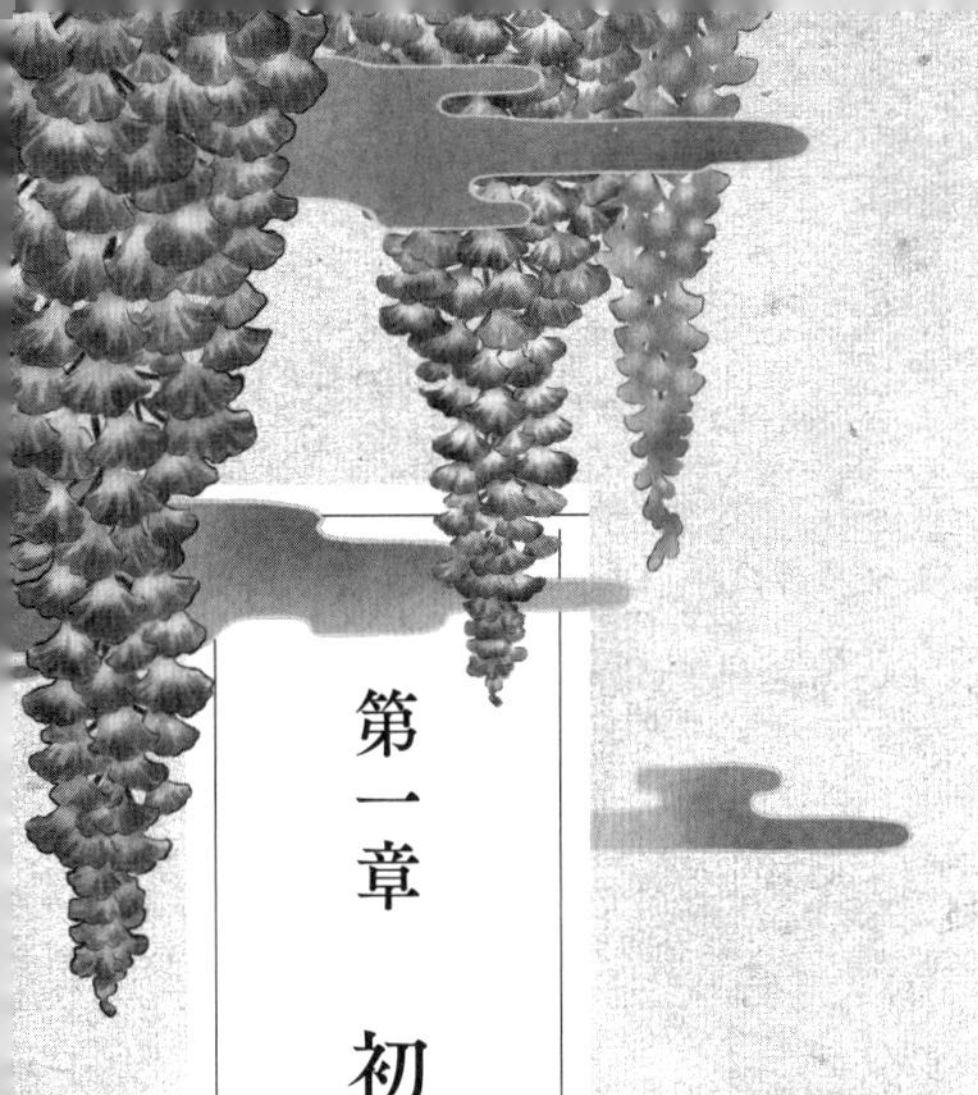

第一章　初マタ中宮様とバタバタ藤原家

一　中宮様の里帰り

土御門邸もすっかり秋めいてきて、ため息が出るほど美しくなっていく。池のあたりの梢や遣水(やりみず)のほとりの草むらがそれぞれ秋色に染まって、空もすごくきれいだ。そんな風景が、エンドレスで流れてくる読経の尊さを引き立てる。中宮様の出産の無事を祈る読経の声は、少しずつ涼しくなっていく風のそよめきや、絶え間ない遣水のせせらぎとハーモニーを奏でるように、一晩中邸内に響きわたる。

中宮様にしても、出産を控えて体がおつらいでしょうに、近くでお仕えする女房たちのたわいもないおしゃべりをお聞きになりなが

ら、お疲れをさりげなく隠していらっしゃるご様子。今さら言うまでもないことだけど、つらい人生を癒やしたいなら、探してでもこういう方にお仕えするべきなのだと思う。いつもの自分じゃないみたいに、すべての悩みがふっとんでしまうのだ。それもなんだか不思議なことだけれど。

エンドレスお経は、出産を控えた彰子を「物の怪」から守るためのものだよ。平安時代、病気や死は物の怪という霊にとりつかれたことで起きるとされていて、ライバルを蹴落として出世してきた道長は以前から物の怪にすごくおびえていたんだ。

二　夜明け前のハードコア祈祷

月が雲に隠れて木陰もほの暗く、まだ夜が明けていないのに、女房たちが格子を上げたいと言い合っている。

「女官はこんな時間まで働いてないでしょ」

「じゃあ女蔵人（にょくろうど）が上げてよ」

邸内に部屋を与えられて住み込みで働いている女房と違い、女官は夜はいないんだ。女蔵人は雑務を担当する下級の女房。格子は雨戸のように廂の周囲に設ける建具だよ。

そこへ目の覚めるような後夜（ごや）の鐘の音が響き渡った。そう、こんな夜中に格子を上げようとしているのは、今から僧たちが来て中宮様の安産を祈る「五壇（ごだん）の御修法（みずほう）」が

始まるからなのだった。われもわれもと声を張り上げる伴僧たちの読経が、遠くからも近くからもいっせいに聞こえてくる。ド迫力で尊みがすごい。

五壇の御修法とは、五つの壇をかまえ、それぞれに五大明王の像を一つずつまつって、数十人の僧侶が祈祷する密教の修法の一つだよ。五大明王は手足に蛇が巻きついてたり炎を背負ってたりしてイカついいし、祈祷は激しいいして、天皇や国家の重大事のときに行われる特別な修法だったんだ。

観音院の僧正（そうじょう）が、東の対（たい）からお供の僧を二十人引き連れて、寝殿にある中宮様の御座所に参上した。中宮様のお近くで御加持をするためだ。渡り廊下をドタドタ踏み鳴らす音さえ、いつもの法事の空気感とは全然違う。

修法が終わると、法住寺の座主（ざす）は馬場（うまば）の御殿へ、浄土寺の僧都（そうず）は文殿（ふどの）へと帰っていく。おそろいの浄衣で立派な唐橋を渡り、庭の木々の間を縫って消えていく姿が尊すぎぎて、遠くまで見つめていたくなる。
斎祇阿闍梨も、大威徳明王を敬って、腰をかがめている。
そうこうしているうちにほかの人たちも出仕してきて、夜が明けたのだった。

僧正は僧侶を統轄する僧官の最高位、僧都は僧正の次にエラい僧官だよ。そんな位の高いお坊さんたちを泊まり込みさせるなんて、道長の権勢のすごさがしのばれるね。ちなみに阿闍梨は加持祈祷の導師を務める僧のことだよ。

三　イケオジ道長殿と歌のやりとり

渡殿の戸口にある自室から外を眺めていると、ほんのり霧が立ち込めて露がキラキラしてるくらい朝早い時間なのに、道長殿が庭を歩いていらっしゃるのが見えた。お付きの者に庭の遣水の掃除をさせていらっしゃるようだ。

渡り廊下の南にある女郎花(おみなえし)が花盛りだったので、殿は一枝折り取らせ、私の几帳(きちょう)(薄絹を下げた間仕切り)の上からちらりとのぞかせてくださった。そのしぐさといったら、こちらが照れてしまうほどのかっこよさなのだ。それにひきかえ、我が寝起き顔のヤバさよ。

「この花への返歌がほしいな。『源氏物語』の作者ともあろう人が返歌を遅れるわけにはいかないよね?」

と殿がおっしゃるのをいいことに、寝起き顔を見せないように硯のある奥に寄って、急いでお返事をさしあげる。

女郎花　盛りの色を　見るからに
露の分きける　身こそ知らるれ

（朝露に映える女郎花の盛りの色を見たばかりに、露に見放されて美しくしても
らえない自分の身の程を思い知らされます）

「えっもう？　早っ！」
と殿は微笑むと、さっそく硯を取り寄せてお返事をくださった。

白露は　分きても置かじ　女郎花
心からにや　色の染むらむ
（朝露がえり好みしたんじゃないよ。女郎花の美しくなりたい気持ちが花をきれ
いな色に染めているんじゃないかな。君もその気になれば全然イケるって）

女郎花（をみなへし）の「をみな」はもともと美人って意味で、『万葉集』では「をみなへし」の「をみな」に「美人」「佳人」などの漢字があてられていて、美人の象徴として詠まれたんだ。

四　道長殿の長男は王子様キャラ

しっとりした夕暮れどき、宰相の君と二人で雑談していたら、道長殿のご長男である三位の君が御簾の端を引き上げて、女房部屋の入り口に腰を下ろされた。

「女性はやっぱり性格がいい人がいいな。でもそれが難しいんだよなあ」

などと、17歳というお年のわりに大人びた奥ゆかしい口調でコイバナをしみじみと語りだす姿を見ても、彼のことを幼いとバカにしている人たちは全然わかってないなと思ってしまう。こちらが気恥ずかしくなるくらいすてきなのに。

打ち解けるまでいかないうちに、さよなら代わりに「多かる野辺に」と口ずさんで立ち去ろうとするところなんて、物語に出てくる王子様キャラみたいだった。元ネタはもちろん、古今和歌集の和歌「女郎花多かる野辺に宿りせば　あやなくあだの名をや立ちなむ」（女郎花のような美女がたくさんいる場に長居したら、女好きだというわさが立ってしまう）。これって私たちが女郎花……ってコト!?

こんなささいなことがふと思い出されたり、そのときはすてきだと思ったことでも時が過ぎたら忘れてしまったりするのは、どうしてなんだろう。

三位の君は藤原頼通で、当時17歳。10代で正三位の位（東宮の権大夫）という地位にあるなんて、まさにエリートお坊ちゃまだね。律令制下では位階が官僚の序列を示していたんだけど、当時、三位以上の貴族は20〜30名ほどしかいなかったそうだよ。

五　問われるプレゼント力

宮仕えの世界には「負けわざ」といって、勝負事で負けたほうが勝ったほうに贈り物をしたり、ごちそうしたりする風習がある。いわば罰ゲームなんだけど、センスの見せどころでもあるのだ。碁で負けた播磨守（はりまのかみ）が、その「負けわざ」をしたという。私はちょっと里帰りしていたので、あとから贈られた御盤を拝見した。先端を花形に彫刻した脚はいかにも由緒正しげな作りで、入り組んだ浜辺をかたどった「洲浜」という台には、波打ち際のところにこんな和歌が書き込まれていた。

紀の国の　しららの浜に　拾ふてふ
この石こそは　巌ともなれ

碁石と浜辺の石をかけて、小石が岩になるまで藤原家が安泰であることを歌うなんて、うまいなあと思う。扇なんかでもこういうイケてる感じのを、そのころの女房たちは持っていたっけ。

この和歌は、円融天皇と姉の資子内親王主催の乱碁大会で詠まれた一首「心あてにしららの浜に拾ふ石の巌とならむ世をしこそ待て」（『夫木和歌抄』）へのオマージュらしいよ。ちなみにそのとき負けた資子内親王は、負けわざとしておしゃれな和歌が書かれた扇を献上したんだって。

六　貴公子たちのセッション

八月二十日を過ぎれば、中宮様の出産予定日までもうすぐ。このころになると、公卿や殿上人たちのなかでも道長殿に近しい人たちは出産に備えて泊まり込むことが多くなった。渡り廊下や対の簀子あたりでうたたねしつつ、たわいもない音楽を奏でて夜を明かす。

公卿は現代でいえば閣僚のように、政治に直接関わるトップエリートだよ。殿上人はそれよりは身分が低く、清涼殿の殿上の間に昇ることを許された官僚のことを指すよ。
公卿…大臣・大納言・中納言・宰相、その他三位以上
殿上人…宰相と地方官を除く四位・五位の官僚、六位蔵人

琴や笛の演奏はたどたどしい若者たちも、読経でイケボを競い合ったり今様（流行曲）を歌ったりすると、場所が場所だけにかっこよく見えた。

今様は古くからある神楽歌や催馬楽に対して、最新のヒットソングという意味だよ。今様好きの後白河法皇が『梁塵秘抄』というコンピレーションをプロデュースしたのは有名だね。天井の梁の上の塵も踊っちゃうくらいイイ曲を集めたよってことで、『梁塵秘抄』と名付けられたんだって。

中宮の大夫（藤原斉信）、左の宰相の中将（源経房）、兵衛の督、美濃の少将（源済政）というそうそうたるメンバーが、セッションしてくれた夜もあったっけ。

とはいえ、殿に何かお考えがあったようで、本格的なライブは開催されずじまい。長いこと自宅に帰っていた女房たちが思い出したように参上してワイワイする様子が騒がしくて、そのころは落ち着かない雰囲気だった。

七　寝ているときもかわいい宰相の君

八月二十六日、中宮様が薫物（たきもの）の調合を終えられ、女房たちにも配ってくださる。香を丸める作業をした女房たちが大量に集まってきた。

> 薫物とは、調合した香材を丸めて地中に寝かせて作る練り香のこと。香炉でたいて、衣服や髪などに匂いをしみこませて使うよ。めったに入浴しない平安貴族はオリジナルブレンドの薫物で体臭をごまかすとともに、個性を表現していたんだね。

中宮様の御前から戻る途中、宰相の君のお部屋をちょっとのぞいてみたら、ちょうどお昼寝をなさっているところだった。

萩（はぎ）や紫苑（しおん）といった色とりどりの衣の上に、ツヤ感を出した濃い紅の特別かわいい衣を羽織っている。顔を衣の中にひっこめて、硯の箱を枕にしておでこをちょこんと出しているところ、めちゃくちゃかわいくて上品だ。まるで絵に描いたお姫様のよう。

思わず口元を覆っている衣をはがして「物語のヒロインみたいでいらっしゃいますよ」と話しかけてしまった。宰相の君が私を見上げる。
「あんたどうかしてるんじゃない？　ふつう寝てる人間をいきなり起こす？」。そうブツクサ言いながら少し体を起こされた、そのほんのり赤く上気したお顔まで、整っていてかわいすぎた。

いつも顔がいい人がこういうところを見せてくれると、かわいさ最強状態になってしまうのだった。

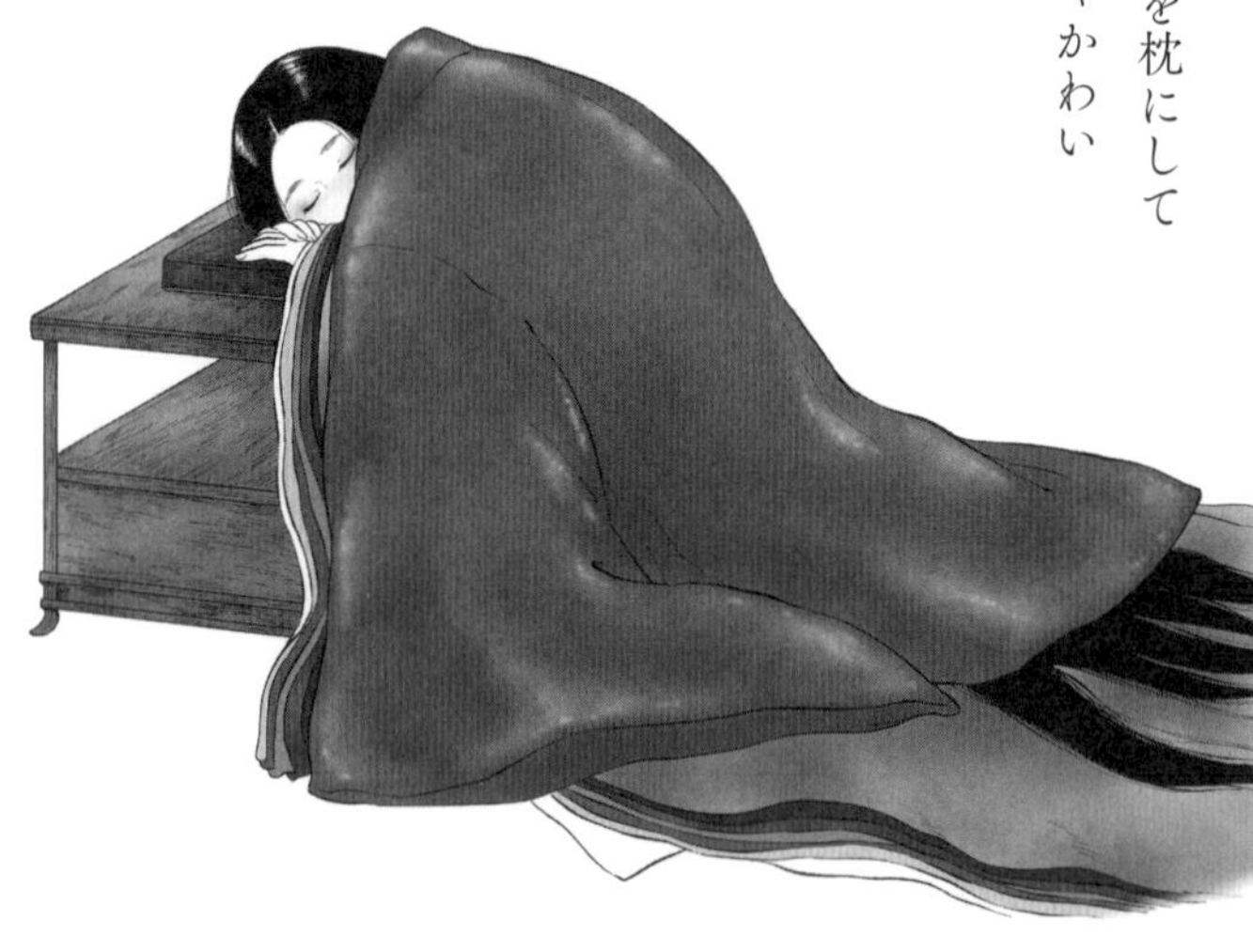

八　菊でエイジングケア

九月九日は「重陽（ちょうよう）の節句」、別名「菊の節句」といって、菊の花でアンチエイジングを願う日だ。私たち貴族の間では、菊の花にコットンをかぶせて一晩おいて朝露を含ませ、化粧水代わりに菊の香り付きの露で肌を拭くという習慣がある。

中国には菊から落ちた露を飲んだ人が不老不死になったという故事があって、日本には不老長寿を保つ薬草として渡来したんだ。だから重陽の節句では菊を浸した酒を飲むことや菊の露で肌をふくことが重要視されたんだね。

その菊の露入りコットンを同僚の兵部が持ってきて、

「これ、道長殿の奥様が特別にあなたにって。『この綿でガッツリ老いをふき取ってくださいね』とおっしゃってたよ」

と伝えてくれた。さっそく、

菊の露　若ゆばかりに　袖触れて
花のあるじに　千代は譲らむ
（せっかくの菊の露ですから、私はちょっと若見えする程度に触れておいて、千年の寿命はこの花の持ち主である奥様にお譲りしましょう）

とお返事を差し上げようとしたのだけど、「奥様は自室にお帰りになりましたよ」とのこと。奥様が中宮様の御前にいらっしゃるときに渡せなければ意味がないので、この和歌は手元にとどめておくことにした。

九　出産前夜、月とアロマを楽しむ

その日の夜、中宮様の御前に参上すると、ちょうど月がきれいな頃合いだったから、外に近い廂の御簾の下から裳の裾がはみ出しているのが見えた。友達の小少将の君、大納言の君などがお仕えしていらっしゃるみたい。中宮様は昨日の薫物を香炉に入れて、香りを試していらっしゃる。私たちはお庭の景色のすてきさや、蔦の葉が色づくのが待ち遠しいことなんかを口々に申し上げたが、中宮様はいつもより苦しそう。落ち着かない気持ちで、いつも加持祈祷などをする場所に移った。

人に呼ばれたので、私は自分の部屋に戻ることにした。ほんの少しうたたねするつもりが、しっかりと寝入ってしまった。すると夜中ごろから騒がしくなり、なにやら大声で叫んでいるのが聞こえてきた。

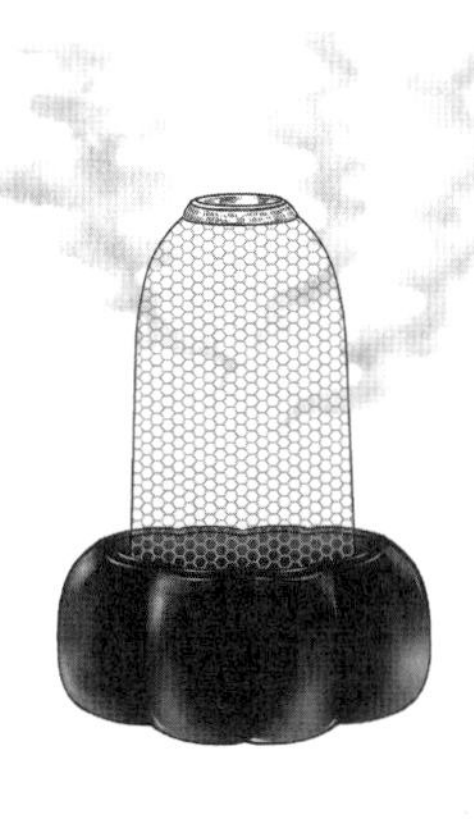

平安マメ知識〈1〉

土御門邸と寝殿造りの内側(想定図)

京都の内外にいくつも豪邸を構えた藤原道長が一番愛用していた屋敷。彰子の里帰り出産の場。道長の姉で一条天皇の母である詮子は生前、ここをしばしば御所とした。

寝殿と東の対をつなぐ渡殿に紫式部ら女房の局(部屋)がある

彰子の妹・妍子の部屋がある。行幸での公卿の席もここ

五壇の御修法の場

北対

渡殿

渡殿

寝殿

西対

東対

透渡殿(渡り廊下)

蔵人所

西中門

遣水

西門

車宿

随身所、

御堂

中島

庭に水を引き入れて流れるようにした人工の川。平安京は傾斜地なので自然に南の池に流れ込むようになっている

馬場殿

南池

文殿

行幸では天皇は御輿に乗って西門から入り、西中門を通って寝殿正面中央の階へ行く

法会をしたところ。東端に池に下りられる階段がある

舟遊びをする池

母屋と廂までが室内で、塗籠以外は完全な個室はなく、必要に応じて屏風や几帳、御簾などで区切って使用した。寝殿の東西面の南と北の端に妻戸があり、ここが通常の出入り口となった。妻戸以外は格子という雨戸のようなものがはめられ、外部との隔てとなる。さらにその外周に簀子という濡れ縁があり、端には高欄という手すりがつく。一般の訪問者は簀子で寝殿内部の主人と応対した。身分の高い賓客は、階に御輿や車を寄せて昇降した。

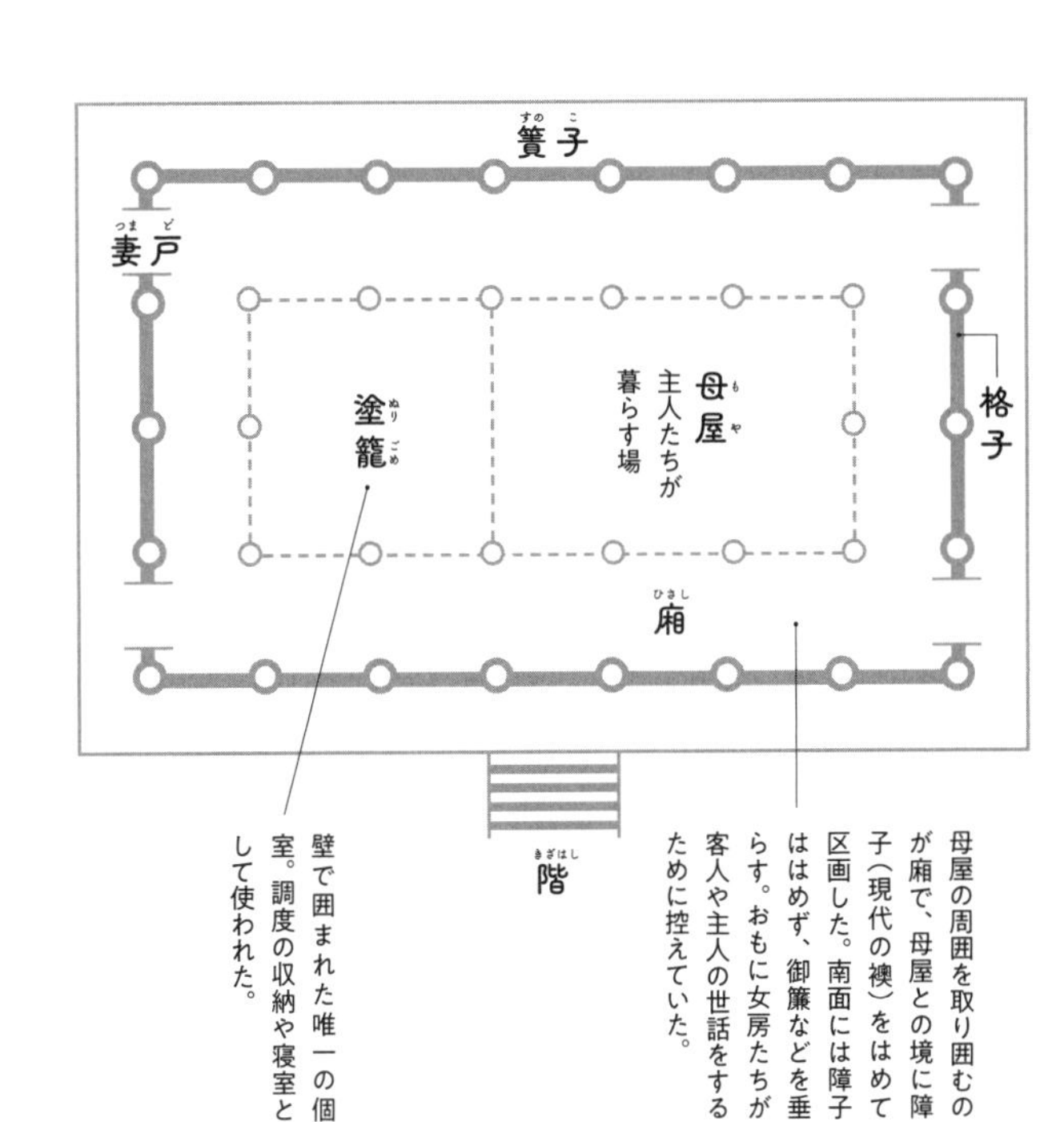

第二章　出産レポ

一〇　いよいよ出産〜物の怪をぶっとばせ

九月十日、夜がほのぼの明けようとするころ、ご出産に備えてお部屋のインテリアが白一色に変わり、中宮様は白い御帳台（みちょうだい）にお移りになった。道長殿をはじめ、殿のご子息たち、四位五位の官人たちが大騒ぎしながら御帳台に帷子（かたびら）をかけたり、敷物を抱えて行き交ったり、すごくせわしなく立ち働いている。

御帳台は柱を立てて周囲を囲った貴族のための寝台で、天蓋付きのベッドのようなものだよ。帷子はそこにかけるカーテンみたいな布のこと。出産のときはインテリアも衣類も白で統一するのがしきたりだったんだ。

中宮様は一日中、とても不安そうに起き上がったり横になったりして過ごされた。

中宮様にとりついている物の怪を身代わりの「よりまし」に乗り移らせようと、僧たちが声を限りにがなり立てる。ここ数か月の間お屋敷に控えていた僧たちだけでなく、あちこちの山や寺から修験者という修験者が一人残らずかき集められているのだ。

修験者は、加持祈祷をして物の怪を退散させる修験道の行者だよ。よりましとは、修験者が祈祷するときに物の怪を乗り移らせるためにそばに置いておく童子や女のこと。よりましに移った物の怪を祈祷で責め立てて正体をしゃべらせ、正体がわかったところで説教して追放するという段取りなんだ。

これだけの僧が投入されているのだから、過去現在未来の仏がどれほど空を翔け回って邪霊を退散しまくっていらっしゃるだろうかと想像せずにはいられない。名の知られた陰陽師もみんな召集されているのだし、八百万の神だってシカトするはずがないと思われる。

陰陽師は呪術や占術の技術体系として日本独自の発達を遂げた陰陽道に基づいて吉凶を占い、悪霊を祓う人だよ。

寺に読経を頼みに行く使者が一日中せわしなく出発するうちに、その夜は明けた。御帳台の東側では、内裏の女房たちが集まって控えている。西側には中宮様の物の怪が乗り移ったよりましたちが集められ、それぞれを屏風でぐるりと囲んで入り口に几帳を立て、一人ずつ担当の修験者たちが大声でお祓いしている。南側にはすごく偉い僧正や僧都たちが重なるように居並び、不動明王を生きたまま呼び出しかねない勢いで、すがったり恨んだりして、すっかりかれてしまった声が激しく聞こえてくる。

そしてあとで数えてわかったのだが、母屋と北廂を区切る北側の障子と御帳台との間のとても狭いところに、なんと四十人以上の女房が待機していた。身動きさえままならず、のぼせて何が何だかという状況だ。今になって実家から参上してきた女房たちは、せっかく来たのに入り込むことができない。裳の裾や衣の袖がどこにいったのかわからないくらいの混雑ぶり。長くお仕えしているベテラン女房たちは、声を殺しながらも泣いて動転している。

二　難産に女房たち大号泣

十一日の明け方に、北廂と母屋の間の障子を二間分取り払い、中宮様を北廂に移らせる。御簾はかけられないので、几帳を重ねて立てて中宮様を囲う。

この日は陰陽寮が作成した暦で出産を嫌う神が家に降りてくる日とされていたから、母屋を離れたんだね。

僧正、定澄僧都、法務僧都なども御加持に参上した。院源僧都は、道長殿が昨日お書きになった安産願いの書に立派な言葉を書き加えて読み上げる。その言葉がたまらなく尊くて、最高に心強い。かぶせるように道長殿が念仏を唱える口調も頼もしい。ここまでしていただいたら、いくらなんでも大丈夫だろうと思いつつも、すごく悲しくなって、みんな涙腺が決壊しちゃってる。「縁起でもない」「そんなに泣かないでよ」などとお互いに言い合いながらも、涙をこらえきれないのだった。

たくさん人がいるとますます中宮様の気分も苦しくなってしまわれるとのことで、道長殿は女房たちを御帳台の南側や東廂にお出しになって、近しい方々だけがお産している二間に残された。道長殿の奥様と、乳母になる予定の宰相の君、助産役の内蔵の命婦が几帳の内側に入る。さらに仁和寺の僧都の君、三井寺の内供の君も呼び入れられた。道長殿が大声であれこれと指図されるものだから、僧の読経もかき消されて聞こえないくらいだ。

分娩スペースの隣の一間に控えていた女房は、大納言の君、小少将の君、宮の内侍、弁の内侍、中務の君、大輔の命婦。それから大式部さん。大式部さんは「宣旨」という、女房の最高職に就いている人だ。ずっと長いことお仕えしてきた女房たちが心配でおろおろするのはもちろん当然なのだけど、まだ勤務年数が短くてなじみが薄い私なんかでも、これはただならぬ事態だと内心感じていた。

また、その後ろの母屋の境目に立てた几帳の外に、中宮様の妹君たちの乳母が押し入ってきている。内侍の督（次女・妍子様）付きの中務の乳母、三女・威子様付きの少納言の乳母、幼い四女・嬉子様付きの小式部の乳母。二つの御帳台の後ろの狭い道は、人が通ることもできない。

行き交ったり身動きしたりする人々の顔も見分けられない。殿のご子息たち、宰相の中将（藤原兼隆）、四位の少将（源雅通）らはもちろん、左の宰相の中将（源経房）、中宮の大夫など、普段そこまで親しくしていない人々でさえ、どうかするとたびたび几帳の上からのぞきこんだりするから、私たちの泣きはらした目が丸見えだった。でも、恥ずかしいという気持ちは全部ふっとんでいた。

そのときの私たちときたら、頭の上には邪気払いのために撒かれた米が雪のように降りかかっているし、押し合いへし合いで衣はぺしゃんこ。どんなに見た目がヤバかったか、あとから思い返すと笑ってしまう。

一二　皇子、爆誕

万が一に備え、仏のご加護を得て極楽往生できるよう、中宮様の頭頂部の髪を少し削いで形ばかりの出家の儀式をする。このときばかりは目の前が真っ暗になったように感じた。思いがけない事態にどうなっちゃうのと心を痛めていたら、あれよあれよという間に中宮様は無事出産。とはいえ、後産が終わるまでは安心できない。あれほど広い母屋、南廂、高欄のあたりまでひしめき合っていた僧や俗人たちが、もう一度ご加護を！と大声で祈りつつ額を床にすりつける。

皇后・定子の死因は後産（出産後の胎盤の排出）がうまくいかなかったこと。だからみんな必死で祈っているんだね。

母屋の東面にいる女房たちは、殿上人と入り交じって待機するかっこうに。小中将(こちゅうじょう)の君が左の頭中将(とうのちゅうじょう)と視線が合って放心状態になった様子は、その後女房たちの間で鉄板の笑えるネタとして語り継がれた。いつもの小中将の君はバッチリメイクの上品な人で、この日も明け方から化粧していたのだけど、泣きはらして涙で化粧がぐちゃぐちゃになった結果、驚いたことに彼女だとわからなくなっていたのだ。

あの美しい宰相の君も、涙でメイクが落ちて別人のようになっていらっしゃる。こんなことってなかなかない。彼女たちがこのありさまなら、私の顔なんてどれほど厳しいことになっていただろう。だけどあのときに見た人の顔なんて、お互いテンパりすぎて覚えていられないはずだし、よしとしよう。

そういえば今から出産というときに、中宮様から移された物の怪たちがねたみののしる声、本当にキモかった。源(げん)の蔵人(くろうど)が用意したよりましは心誉(しんよ)阿闍梨が、兵衛(ひょうえ)の蔵人のよりましは「そうそ」という人が、右近(うこん)の蔵人のよりましは法住寺の律師が、宮の内侍の部屋は千算(ちそう)阿闍梨が調伏(ちょうぶく)を担当した。阿闍梨が物の怪に引き倒されてすごくかわいそうだったので、ヘルプで念覚阿闍梨を呼び、大声で祈祷する。阿闍梨のパワーが弱いわけじゃない。物の怪がとんでもなく強力なのだ。

紫式部は亡き先妻が物の怪になる男の絵を見て、「亡き人にかごとをかけてわづらふも　おのが心の鬼にやはあらぬ」（亡き先妻のせいにして苦しんでいるけど、自分のうしろめたさが生みだした幻影では？）と詠んだことがあるよ（『紫式部集』）。本当は紫式部も物の怪の正体がわかっていたのかもね。

宰相の君が呼んだ招き人（注・物の怪を招き寄せる修験者）には叡効を付き添わせたけど、彼は一晩中大声を出し続けて声がかれてしまった。物の怪を乗り移らせるために召集された人たちの中には、全然物の怪が乗り移らない人がいて、かなり怒られていた。

一三　パーティーに備えておめかしの準備

お昼頃だけど、空が晴れて朝日が差したような気持ちだ。無事お生まれになったうれしさも比べようがないけれど、男の子であられる喜びはハンパない。昨日は心配して過ごし、今朝は秋霧のように涙でボロボロだった女房たちも、みんなそれぞれ自分の部屋に戻って休む。中宮様の御前には、このようなときにふさわしいベテラン女房が控える。

道長殿も奥様も寝殿から向こうのお部屋に移られて、ここ数か月泊まり込みで御修法や読経に従事した者たちや、昨日今日の召集に集まってくれた僧たちに布施をお配りになった。医師や陰陽師などでそれぞれ結果を出した者たちにも褒美を渡された。内々では、御湯殿（おゆどの）の儀式などの準備を前もって進めていらっしゃることだろう。

女房たちの部屋では、見るからに大きい袋や包みを持った人々が行き交っている。

唐衣に刺繍をほどこしたものだとか、裳を紐飾りや螺鈿刺繍なんかでありえないくらい盛っているものだとかを取り寄せているのだ。でもみんな、パーティーのおめかしは当日まで内緒にしておきたいから、バレないように隠している。それで「扇が届かないわね〜」などと女房同士で愚痴りつつ、化粧やおしゃれにいそしんでいるのだ。

一四 うれしさを隠しきれない藤原家

いつものように渡殿の部屋から見やると、中宮の大夫や東宮の大夫らをはじめとする公卿の皆さんがたくさん控えていらっしゃる。そこへ道長殿がいらして、ここ数日間落ち葉などで埋もれていた遣水の掃除を命じられた。皆さんのご機嫌もよさげ。心のうちでは思うところがある人もいるのだろうけど、今日だけはそんなのどうでもよくなってしまう雰囲気だ。特に中宮の大夫はそれほどドヤ顔でニヤついていらっしゃるわけでもないのに、誰よりもうれしいという感情が顔に出てしまっている。まあ無理もない。

右の宰相の中将は権中納言とじゃれ合いながら、対の簀子に座っていらっしゃった。

定子の弟である権中納言（藤原隆家）は、甥っ子の皇位継承が危うくなってしまうという微妙な立場。右の宰相の中将（藤原兼隆）も、道長の兄である父の道兼を亡くしていなければ自分こそが出世頭だという気持ちがあったはず。思うところがある若者同士ですみっこにいたのかもしれないね。

一五　帝からの出産祝い

内裏から、頭中将（源頼定）が皇子誕生を祝うお守りの刀、御佩刀を持って参上した。今日は朝廷が伊勢神宮に奉幣使を送る日だから、出産のケガレに触れた頼定は内裏に戻っても昇殿することはできない。それで道長殿は頼定に、母子ともに無事でいらっしゃることを庭に立ったまま帝に報告させるようにした。褒美も与えたようだけど、私は見ていない。

へその緒を切るのは道長殿の奥様だ。初乳を含ませるのは、帝の乳母だった橘の三位（橘徳子）。乳母は、もともとお仕えしていて、気心の知れている気立てのよい人として大左衛門さんが担当することになった。彼女は備中守道時の朝臣の娘で、蔵人弁の妻である。

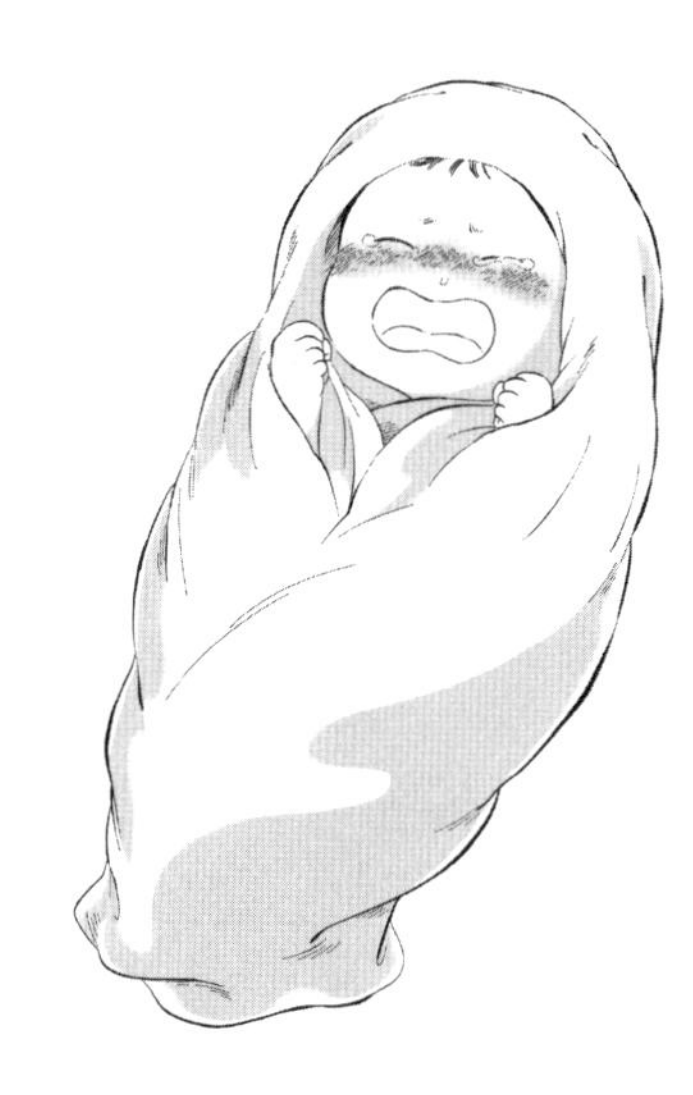

一六　御湯殿の儀式の女房コーデ

御湯殿の儀式は酉の刻（午後六時くらい）にするという。

御湯殿の儀式は誕生した皇子に産湯を浴びさせる儀式だよ。
一日二回、七日間続けて行われるんだ。

灯りをともし、中宮に関する事務をつかさどる中宮職の下級職人がいつもの緑衣の上に儀式用の白衣を着てお湯を準備する。桶や桶を置く台などにも、みんな白いカバーがかかっている。織部正である親光と中宮職の侍長である仲信がその桶を担ぎ、御簾の下まで運ぶ。水担当の二人（きよいこの命婦と播磨）がお湯を取り次ぎ水を足してちょうどいい湯加減にしたものを、大木工と馬という二人の女房が、産湯用の甕十六個に汲んで入れる。余ったお湯は湯舟に入れる。作業している女房たちは薄手の表着（ぎ）に入浴用の腰巻と唐衣を着ている。前髪に「釵子（さいし）」というキラキラしたヘアアクセをさし、白い「元結（もとゆい）」というひもで髪を束ねるというスタイリングが映えていてすてきだ。

産湯担当は宰相の君、産湯を終えられた若宮様をキャッチするのは大納言の君（源廉子（みなもとのれんし））の役だ。腰に白い絹を巻いた湯巻姿の二人は、いつもとイメージが違って本当にかわいらしい。

若宮様は道長殿が抱っこしてさしあげ、御佩刀は小少将の君が、邪気払いアイテムである虎の頭は宮の内侍が持って、若宮様の先導をする。

宮の内侍の唐衣は松ぼっくりの紋様、裳は白一色ながら海辺柄に織り出したもので、大海の摺り模様をかたどっている。小袰の腰のところは羅で、唐草の刺繍がほどこされている。小少将の君の裳の腰部分は秋の草むら、蝶、鳥などを銀色の糸で刺繍してキラキラさせている。織物には身分によるきまりがあって、好きなものを着るわけにはいかないので、腰のあたりでいつもと違うおしゃれを楽しんでいるのだろう。

道長殿のご子息お二人と源少将（源雅通）などが、邪気を払う散米を投げては大声を上げ、自分こそが一番大きな音を出してやろうと競い合って大変な騒ぎだ。撒いた米がお湯の加持をしている浄土寺の僧都の頭や目に当たりそうになって、僧都が扇で必死にガードしている姿が面白くて、若い女房たちがバカ受けしてる。

赤ちゃんを入浴させている間は、博士による漢籍読み聞かせタイムだ。今日は漢籍を朗読する博士である蔵人弁の藤原広業が、高欄の近くに立って『史記』の一巻を読み上げる。弓の弦をはじいて魔除けをする者は二十人。五位の者十人、六位の者十人が二列に並んで立っている。

夜の御湯殿の儀式も、きまった形式を繰り返して奉仕するだけで、儀式は同じである。漢籍を読み上げる博士だけは交替になったようだ。今度は伊勢守で明経博士である中原致時だとか。例によって『孝経』を読むのだろう。また、大江挙周は『史記』の文帝の巻を読むということだった。七日間、この三人がかわるがわる漢籍の朗読をした。

一七　顔が盛れないのでサボります

何もかもが曇りなく白い御前を見渡すと、女房たちの容姿やお肌のアラまでくっきり浮かび上がって見える。まるで上等な墨絵に黒髪を生やしたみたいだ。ますますいたたまれなくなって恥ずかしい気持ちになるので、昼間はほとんど中宮様の御前に顔を出せずにいる。

することもないので、東の対の局（つぼね）から参上する女房たちを、自室でぼんやり眺めることにした。禁色（きんじき）を許された人たちは、そろって織物の唐衣に織物の袿（うちぎ）を着ているのが逆にきちんとしすぎていて、本人のセンスがわからないなあと思う。禁色を許されていない人で、少し年のいっている女房は、イタいと思われないように三重や五重の袿に、表着は織物で、その上に無紋の唐衣を無難に着こなしている。重ね袿に綾や薄物を着ている人もいる。

禁色とは身分によって着用が禁じられた色や織物のことだよ。上臈(じょうろう)の女房だけが赤色や青色の織物の唐衣、地摺(じず)りの裳(も)の着用を許されていたんだ。地摺りとは、模様を織り出しているのではなく、生地に模様をプリントしたってこと。

扇なんかも、見た目はド派手に盛ったりはしないけど、由緒ありげな感じだ。それぞれおしゃれなフレーズを書きつけたりして、女房同士で申し合わせたよう。フレーズ選びにはセンスが出るけれど、年が近いと感覚が合うらしく、同年代同士ですてきだと視線を交わし合う。いずれ劣らぬ女房たちのオシャレ心がはっきり見える。

裳や唐衣の刺繍も当然白一色だけど、袖口に銀の縁飾りをほどこし、裳の縫い目は銀の糸で伏せ組のようにし、銀箔の飾りを綾の地模様に貼る。数々の扇は、雪深い山を月の明るいなかで眺めたようにキラキラしていて、はっきりとは見渡せない。まるで鏡をかけたようだ。

平安マメ知識〈2〉

女性の衣装

女房の正装は、肌着の小袖と袴に単衣、重ねた袿、表着、唐衣（ハーフジャケットのようなもの）を着て、裳（後ろ半分だけのスカートのようなもの）を着ける。儀式に限らず、女房が中宮の御前にあがるときは基本このスタイル。中宮など身分が高い女性は儀式でも、袿と表着の上に小袿（少し短めの袿）を着る略式の礼装スタイルが基本。

唐衣
打衣
衣（袿）
表着
単衣

裳の大腰
裳の引腰
地摺りの裳

第三章　産後はパーティー三昧

一八　九月十三日、中宮職主催パーティー

若宮様ご誕生から三日目の夜は、中宮の大夫をはじめとする中宮職が最初の産養をとり行う。中宮の大夫と右衛門の督を兼ねる藤原斉信が、中宮様の食膳を整える担当となった。沈という香木で作られた御膳、銀のお皿などを用意したそうだが、私は見られなかった。源中納言（源俊賢）と藤宰相（藤原実成）の担当は、若宮様のベビー服や肌着、衣箱、入帷子、包み、カバー、下机など。産養の定番アイテムを同じ白一色でそろえたものだが、その作りには担当した人々の心づくしのセンスがうかがえる。近江守（源高雅）は、その他全般をプロデュースしているようだ。

東の対の西廂は公卿の席で、北を上座として二列に並んでいる。南廂が殿上人の席で、西が上座である。白い綾絹を貼った屏風を母屋の御簾に沿う形で、その外側に並べて立ててある。

産養は出産お祝いパーティーのことだよ。皇室関係の子供の場合は、生後三日目（役所）、五日目（実家）、七日目（皇室）に開催されるしきたりだよ。

一九　九月十五日、道長殿主催パーティー

誕生五日目の夜は、道長殿が主催する産養だ。十五夜の月が曇りなく澄みきって美しい。池のほとりの木の下にいくつも篝火（かがりび）（注・鉄製のかごの中に木を入れて燃やす屋外用の照明器具）をともしつつ、下々の人たちのために握り飯などをずらりと並べる。身分の低い者たちがペチャクチャしゃべりながら歩いている表情まで、晴れがましい顔つきだ。

宮中から来た主殿寮（とのもづかさ）（注・宮中の清掃、灯火、行幸（ぎょうこう）時の乗り物などを管理する役所）の役人が松明（たいまつ）を持って休みなく立ち並んでいるので、まるで昼のように明るい。

そこかしこの岩の陰や木の下に、公卿のお付きの者たちがたむろっている。このような身分の者でさえ、思い思いに「いつかこういう世の中の光みたいな親王様がお生まれになるってひそかに期待してたけど、おれの期待どおりになっちゃったな〜」などとドヤりながらむやみにニコニコして、気分がよさそうだ。

　まして道長殿に前々から仕えている人たちは、特にやることもなさそうな五位程度の人でさえ、会釈しながら目的もなく行ったり来たり忙しそうにして、歴史的瞬間に居合わせた感を出している。


　中宮様にお食事をお運びするのは、白一色に装った八人の女房たちだ。食膳に髪がかからないよう、前髪をアップにする「髪上（かみあげ）」という髪型で、後ろ髪は白い元結というひもで束ね、白い御盤を手に、一列になって参上する。今夜の給仕を担当する宮の内侍は、とても堂々としていてひときわきれいだ。姫カットが白い元結で映えているのが、いつにもまして理想的なかわいさ。扇からチラ見えする横顔も、清らかでいらっしゃった。

　前髪を上げた八人の女房たちの名は、源式部（加賀守（かがのかみ）重文の娘）、小左衛門（こざえもん）（故備（びっ）

中守道時の娘）、小兵衛（左京大夫明理の娘）、伊勢の大輔（伊勢神宮祭主・輔親の娘）、大馬（左衛門大輔頼信の娘）、小馬（左衛門佐道順の娘）、小兵部（蔵人である庶政の女）、小木工（木工允平文義とかいう人の娘）だ。容姿のかわいい若い女性ばかりが差し向かいに座って並んでいたのは、ほんと眼福だった。

　中宮様にお食事をお運びするのは、いつもは前髪をアップにした采女という下級女官の仕事だ。今回はめでたい場が映えるように、きれいな若い女房を道長殿がお選びになったのだけど、若い子たちは顔をさらされるのを嫌がって「つらい」「きつい」としくしく泣いたりしていた。縁起でもないからそういうのやめてほしいんだけど。

御帳台の東側の二間ほどに、三十人余り居並ぶ女房たちの姿は、実に見ものだった。飾り御膳は、采女たちが差し上げる。戸口のほうに御湯殿を隔てる屏風をいくつも重ね、さらに屏風を南向きにも立てて、そこに据えた白い棚一対に御膳が運ばれて置かれた。

夜が更けるにつれて、月がくまなくあたりを照らすと、采女や水司（もいとり）、御髪上げ（みぐしあげ）（ヘアスタイリスト）、殿司（とのもり）、掃司（かんもり）といった下級女官たちの姿が見える。中には顔も知らない人もいる。宮中の門のカギを管理する闈司（みかどづかさ）の女官だろうか。粗末ながら精いっぱいおめかしして、とげのような簪（かんざし）をさして正装っぽく整えている。そんな彼女たちが寝殿の東側の廊下や渡殿の戸口まで隙間なく詰めて座っているので、人が通ることもできない。

お食事をお運びする仕事が終わったので、女房は御簾の近くに座っている。灯火の光がキラキラ輝いているおかげで、彼女たちのファッションがはっきり見渡せる。

大式部さんは、裳と唐衣に小塩山（おじおやま）の小松原が刺繍されているのがとってもおしゃれだ。大式部さんは陸奥守(むつのかみ)の妻で、道長殿の宣旨を務めている人である。

小塩山は平安京の南西にある山で、その山麓にある大原野神社は藤原氏の氏神三社の一つだよ。松が有名で、和歌にも小松原がよく詠まれていたんだ。ベテラン女房が藤原氏への愛を刺繍でアピってたんだね。

大輔の命婦は、唐衣はプレーンなままで、裳に銀泥でとても鮮やかに大海の柄をあしらっているのが、目立たないけどいい感じだ。弁の内侍は、裳に銀の洲浜をプリントして鶴を立たせているのが斬新だと思う。裳の刺繍も長寿の象徴である松の枝で、鶴と長寿を競い合う趣向にしているところに知性がほとばしっている。

少将さんの装束は今挙げた人たちに比べると見劣りする銀箔なので、ほかの女房たちがつつき合ってクスクス笑っている。少将さんという人は、信濃守(しなののかみ)藤原佐光(すけみつ)の妹で、道長殿付きの女房のなかでは古参だ。

その夜の中宮様の御前の様子を誰かに見せたくてたまらなくなった私は、夜居（宿直）の僧が控えているところの屏風を押し開けて「この世でこれほどすてきなもの、見逃したらもうご覧になれませんよ」と声をかけた。そしたら僧は御本尊そっちのけで、「ああもったいなやもったいなや」と手をすり合わせて喜んでくれた。

東の対にいた公卿たちは席を立って、渡り廊下の上に移られる。道長殿を筆頭に紙を賭けてサイコロ遊びをなさるのだ。上の身分の人が紙でギャンブルなんて、外聞が悪い。

お祝いの和歌を詠む人たちもいる。

「女房たち、盃を受けて歌を詠みなさい」

なんて言われるかもしれないので、どう答えるべきか女房たちはそれぞれつぶやきながらアイデアを練っている。私はこんな和歌を準備していた。

めづらしき　光さしそふ　さかづきは
もちながらこそ　千代もめぐらめ
（月の光に加え、若宮様の誕生という光が新たにさした祝宴の盃ですから、望月のように欠けることなく千代もめぐり続けるでしょう）

「四条大納言に和歌を披露するときは、和歌の出来はもちろんだけど、声の出し方も気をつけようね」などと女房同士でひそひそ言い合っているうちに、イベントが多すぎて夜がだいぶ更けてしまったせいなのか、特に指名されることもなく四条大納言はお帰りになった。この日の引き出物は、公卿には女性用の装束に若宮様のベビー服と肌着を添えたものだったらしい。四位の殿上人へは袷（あわせ）セットと袴、五位は袿セット、六位は袴一着だったようだ。

二〇　九月十六日、夜の舟遊び

次の日の夜、月がとてもきれいで季節も最高だったので、若い女房たちは舟に乗って遊ぶ。それぞれが色とりどりに着飾っているときよりも、同じ白い服を着ているときのほうが、容姿も髪のコンディションもはっきりわかる。

伊勢の大輔、源式部、宮木の侍従、五節の弁、右近、小兵衛、小衛門（こえもん）、馬（むま）、やすらい、伊勢人など廂のはしっこにいた若い女房たちを、左の宰相の中将（源経房）と道長殿の五男である中将の君（藤原教通）がお誘いになる。右の宰相の中将（藤原兼隆）に棹をささせて、彼女たちを舟にお乗せになった。お誘いをかわして陸にとどまる女房たちもいたが、さすがにうらやましくなったのか、舟を見やりながら座っている。白砂を敷きつめた真っ白な庭が月の光を照り返し、女房たちのたたずまいを素敵に映し出す。

そこへ、北門に牛車がたくさん来ているという知らせが届いた。内裏の女房たちがかけつけてきたらしい。藤三位をはじめ、侍従の命婦、藤少将の命婦、馬の命婦、左近の命婦、筑前の命婦、少輔の命婦、近江の命婦らだと聞かされた。よく知らない人たちなので、間違っているかもしれないけど。

命婦は内侍（ないし）に次ぐ五位以上の女性のことだよ。いわば女の殿上人だね。一条天皇のメスの飼い猫は五位の位階を授けられて「命婦のおとど」と呼ばれていたんだ。この段で宮中から遊びにきた馬の命婦は「命婦のおとど」のお世話係だったとされているよ。

お客様が来訪されたので、舟に乗っていた女房たちもあわてて建物の中に入った。道長殿がお出ましになり、内裏の女房たちをもてなしておふざけをなさる。それから手土産をそれぞれの身分に応じて贈られた。

二　九月十七日、朝廷主催パーティー

誕生七日目の夜は、皇室主催の産養だ。勅使となった蔵人の少将（藤原道雅）が、帝からのお祝い品の数々を書いた目録を柳箱に入れて参上した。中宮様はちらりと見てそのままお返しになる。藤原氏の学生のための寄宿舎「勧学院」の学生たちが行列を作って祝辞を述べに参上する恒例のイベント「勧学院の歩み」も行われ、参上者の名簿も中宮様に献上する。中宮様はそれもすぐにお返しになって、学生たちにはご褒美を与えたようだ。今夜の儀式は特別に盛り上がって大変な騒ぎだ。

だけど御帳台の中をのぞいてみると、こんなふうに国の母としてもてはやされるようなうるわしい顔色とも思われない。体調が少しお悪そうで、やつれた顔でお休みしていらっしゃる。そのようすは、いつも以上に弱々しく幼げでかわいらしい。御帳台にかけられた小さい灯りが内部をくまなく照らし、ただでさえ美しい肌の色がどこまでも透き通って見える。寝るために束ねた豊かな髪も、いつにもましていっそう美しく……いや、中宮様の美しさを品評するなんて恐れ多いことである。このへんでやめ

ておこう。

だいたいの儀式の内容は先夜と同じだった。公卿への引き出物は、女性の装束に若宮様のベビー服などを添えて、中宮様の御簾の内側から差し出された。殿上人への引き出物は、蔵人頭の二人を先頭に御簾に近寄って受け取る。朝廷からの引き出物は、大袿、掛布団、絹の反物などで、いつもの公式らしいものだ。若宮様に初乳を含ませる役でお仕えした橘の三位への贈り物は、定番の女性向け装束に織物の細長(ほそなが)（注・唐衣の裾を長く伸ばしたような略服。袿の上に重ねる）が銀の衣箱に入っているものだ。カバーなども同じく白いのだろう。ほかにも包んだ品物が添えてあったと聞いたけど、詳しくは見てないのよね。

誕生八日目には女房たちは白い服をやめて、色とりどりの装束に着替えた。

二二　九月十九日、道長殿の長男主催のパーティー

誕生九日目の夜は、道長殿のご長男で中宮様の弟である東宮の権大夫主催の産養だ。白い御厨子（注・両開きの扉付き戸棚）一セットにお祝いの品々が置いてある。いつもと違う最先端のスタイルだ。銀の衣箱に海賦（海辺柄）を打ち出し、その中に蓬莱山などを描くのはよくあるデザインだけれど、細かいところでトレンドを取り入れている。一つひとつを取り上げて言葉で表しきれないのが残念である。

今夜は、表面に朽木形の模様のある几帳と

いう、いつものインテリアに戻っている。女房たちがツヤ感のある濃い紅の衣を上に着ているのが、白に慣れた目には新鮮で、しっとり美しく見える。透け感のある唐衣を通して、このツヤツヤした衣が丸見えで、女房たちの姿もはっきりと見られてしまう。「こま」さんという人が恥をかいた夜だった。

二三　道長殿、おしっこをひっかけられて大喜び

十月十日を過ぎても、中宮様は産後の養生のため御帳台からお出にならない。それで私たち女房は、御帳台の西に中宮様の御座所として用意された場所に、夜も昼も控えている。道長殿は夜中といわず早朝といわずおいでになって、若宮様を求めて乳母のふところをさぐる。乳母がのんびり寝ているときなんかは大変だ。かわいそうに、わけもわからないまま寝ぼけまなこで目を覚まして、殿に応対しなくちゃいけない。まだ何もわかっていない若宮様を、好き放題抱き上げてめちゃくちゃにかわいがりたい殿の気持ちはわかるので、めでたいことだなあと思う。

あるとき、若宮様がおしっこをひっかけるという困ったいたずらをなさったことがあった。道長殿は直衣(のうし)の紐を解き、御几帳の後ろで火にあてさせてお乾かしになる。
「あー、若宮の御尿で濡れるなら本望だよ！　濡れた服を乾かしていると、こうなるのを望んでいたんだって気になるね」
と殿は大喜びだ。

このころ、中務の宮家（具平親王(ともひら)）にお近づきになることに熱心だった道長殿は、私を宮家にツテがある者とお思いになって、親しげにお話ししてくださる。心の中で思うことはたくさんあるけど、本当の気持ちはここでは書けない。

道長は長男の頼通を具平親王の長女と結婚させようとしていて、具平親王と紫式部の父・為時が親しかったことから、紫式部に話をつないでもらおうとしたみたい。

二四　水鳥もたぶんつらい

帝が土御門邸にいらっしゃる行幸を間近に控え、道長殿の邸内の手入れにいっそうみがきがかかる。見事な菊を探し回り、根っこから掘り出して庭に植えつけているのだ。寒気で色とりどりにうつろう菊、今を盛りと黄色に咲き誇る菊、さまざまに植えつけられている菊。そんな光景を朝霧越しに見渡すと、加齢もどっかにふっとんでしまいそうだけど、なぜかそんな気持ちにはなれない。

行幸とは、天皇が宮中の外に出かけること。道長は中宮が宮中に戻る日を十一月中旬に定めたけど、早く妻子に会いたい帝は実家に出向くことにしたんだね。帝は一人では出かけられないので、御輿に乗って大勢の人に担がれて出向く「行幸」という一大イベントになるよ。

私の物思いがもうちょいありふれたものだったら、若者ぶって「菊めっちゃきれい〜」とはしゃいで、人生のむなしさをやり過ごすことができたかもしれない。けれど、すばらしいものや楽しいことを見聞きしても、なんとなくおっくうで、いつもの悩みに心がひきずられてしまうのだ。思わずため息をついてしまうことばかりで、とっても苦しい。

それでもやっぱり今は、どうにかしてつらいことを忘れてしまおう。悩んでいたってどうしようもないことだもの。それに、煩悩にとらわれていては罪も深くなる。そんなことを思いながら、夜明けに外を眺めた。池の水鳥たちが、無心に遊び合っているのが目に入る。

水鳥を　水の上とや　よそに見む
われも浮きたる　世を過ぐしつつ

（あの水鳥たちを、水の上にいるから遠い存在だとは思わない。浮き世にふらふら浮かんで日々を過ごす私も似たようなものだもの）

あんなふうにお気楽に遊んでいるように見える水鳥たちも、本人的にはすごく苦しかったりして。なんて、つい自分に重ね合わせて考えてしまう。

二五　闇が深い友達とのやりとり

里帰り中の小少将の君が手紙をくれたので返事を書いていると、時雨がさっと降ってきた。使いの者に返事を急かされる。

「空模様も私の心と同じでざわめいているみたい」と書いて、下手くそな和歌なんかも添えてあわてて渡す。

暗くなったころ、返事が来た。時雨の空に合わせて、濃い紫で雲がたなびくような形のぼかし染めにした紙だ。

雲間なく　ながむる空も　かきくらし
いかにしのぶる　時雨なるらむ
（絶え間なく物思いにふけって眺める空も絶え間なく曇って、雨が降ってきたね。時雨は何を恋い偲んで降るんだと思う？　あなたがいなくてさみしいなーっていう私の涙なんだよ）

さて、どんな文面の手紙を送ったんだっけ？　思い出せない。

ことわりの　時雨の空は　雲間あれど
ながむる袖ぞ　乾く間もなき
（現実の時雨の空には雲の絶え間があるけれど、物思いにふける私の袖は、涙をぬぐい続けて乾く間もないよ）

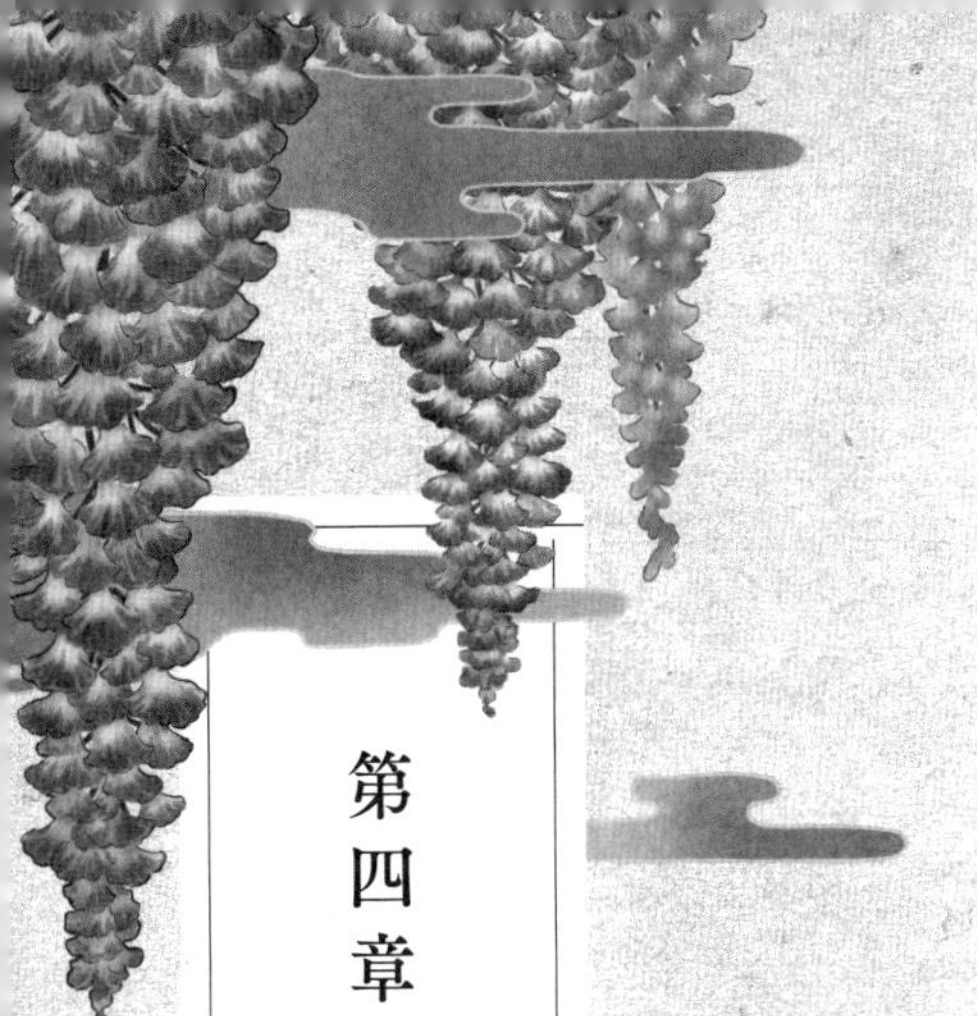

第四章　帝が土御門邸にやってきた

二六　行幸当日に仕事キライモード発動

一条天皇の行幸当日、殿は新しく造られた二隻の舟を池の水際に近づけてごらんになる。龍頭鷁首（りょうとうげきしゅ）といって、片方の船首には龍の頭、もう片方の船首には鷁（げき）という伝説上の水鳥の頭の彫り物があって、この舟の上で楽器を演奏するのだ。どちらも動いている姿が想像できるくらい生き生きとしていて見事だ。

行幸は辰（たつ）の時（午前八時ごろ）からということで、明け方から女房たちはお化粧して用意をする。公卿のお席は西の対（たい）なので、こちらの東の対はいつものように騒がしくもない。むしろ中宮様の妹である内侍の督の君（藤原妍子）のほうが、女房たちの装束なんかもめちゃくちゃ整えていらっしゃるっぽい。

明け方、友達の小少将の君が里から参上してきたので、一緒に髪の毛をとかす。どうせいつもどおり押せ押せになって開始はお昼ごろになるよね、と仕事キライモードが発動した私たちはダラダラ過ごしていた。
「この扇ふつうすぎない？　ほかのを人に頼んでるんだよね。早く持ってきてほしいなあ」などと待っていたら、行幸に付き従う楽器隊の鼓の音が聞こえてきた。ヤバ！　急いで御前に参上する私の姿、かなりみっともなかったに違いない。

帝の御輿を船楽（船上ライブ）でお迎え。すごくかっこいい。御輿が寝殿に寄せられ、担ぎ手が御輿を担いだまま正面の階（きざはし）をのぼる。職業柄当然なのだろうけど、柄を担いだまますごく苦しそうに突っ伏している姿を見ていると、身分こそ違え、自分と何が異なるのだろうと思わずにいられない。高貴な人々に交

じっていても、身分をわきまえなければならない点では同じなのだから。気苦労が絶えないよ、と思いながら彼らを眺める。

中宮様の御帳台の西側に帝のお席を設けて、南廂の東の間に御椅子を立ててある。そこから一間を隔てた東の端に、南北に御簾をかけわたして仕切って、女房が控える。その南の柱のもとから簾を少し引き上げて、内侍が二人出てくる。この日に合わせて髪をアップにした端正な姿は、唐絵の中の美女みたいだ。

左衛門の内侍が御剣を持つ。無地の青緑色の唐衣、裾グラデに染めた裳、肩にかけた領巾（注・正装時にかけるストールのようなもの）と裳からたらす飾り紐は文様を浮き彫りにした綾を黄櫨色と白の段染めにしている。表着は菊の五重で、その下に紅色の掻練（注・練って柔らかくした絹）の衣を着ている。姿もふるまいも、扇の端から少しのぞく横顔も華やかできれいだ。

弁の内侍は御璽の箱を持つ。紅色の掻練の衣に葡萄染の袿、裳と唐衣は、左衛門の内侍と同じだ。とても小柄でかわいらしい人が、恥ずかしそうに固まっているようすが、痛々しく感じられた。扇からして、左衛門の内侍よりセンスがよさげ。薄紫と白の段染めにした領巾を肩からかけている。

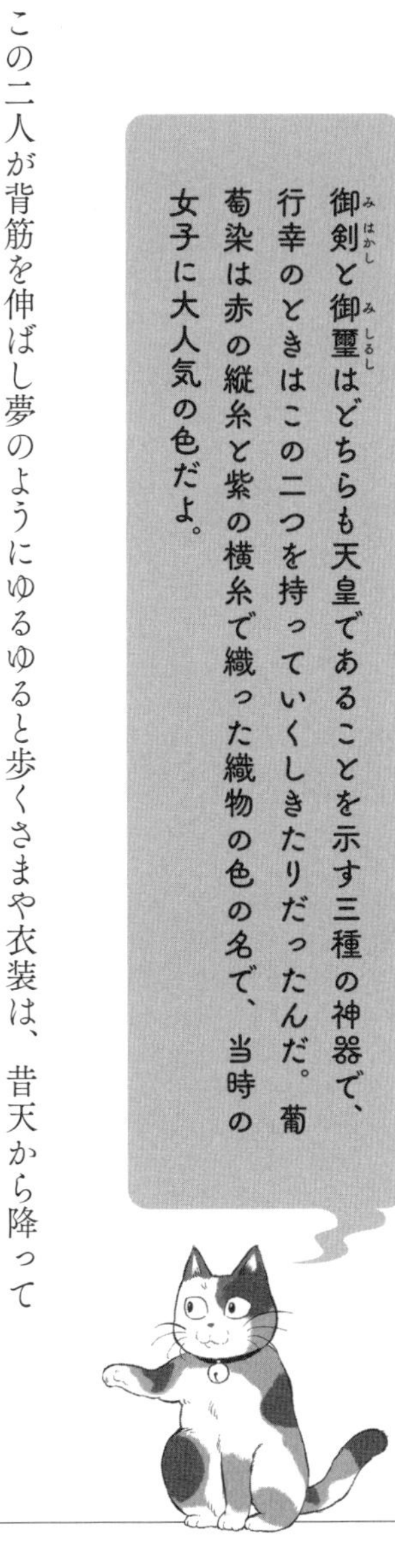

この二人が背筋を伸ばし夢のようにゆるゆると歩くさまや衣装は、昔天から降ってきたという天女の姿もこんな感じだったのかな、と思われるほどだった。

近衛司（このえづかさ）の役人は、場にふさわしいパリッとした晴れ姿で御輿まわりの仕事をしていて、すごくキラキラしている。藤中将（藤原兼隆）が御剣などを受け取り、内侍に伝え渡す。

二七　行幸の女房コーデ

御簾の中を見渡すと、禁色を許された女房たちは、いつものように青や赤の唐衣に地摺りの裳を合わせ、表着は蘇芳色の織物でそろえている。ただ一人、馬の中将だけは葡萄染を着ていた。表着の下の打衣（うちぎぬ）は、濃淡いろいろの紅葉を混ぜ合わせたよう。その下に着込んだ袿は、定番の梔子襲（くちなしがさね）の濃いのや薄いの、紫苑襲、裏を青にした菊襲、はたまた三重襲など、人それぞれだ。

綾の唐衣が許されていない女房で、年配の女房は、例によって無地の青色か蘇芳色の唐衣などをみんな五重にして、すべて綾織である。大海模様をプリントした裳の波の色は鮮やかにくっきりとしていて、裳の大腰や引腰に固紋織をたっぷりほどこしている。袿は菊襲の三重または五重で、織物は着ていない。

若い女房たちは、菊の五重の唐衣を思い思いに着ていた。一番上が白く、蘇芳色の下は青い袿、その下に青い単衣の人もいる。また、一番上が薄い蘇芳色でだんだん下になるにつれて濃い蘇芳色になるようにし、間に白を混ぜる人もいる。どれも配色がすてきで、センスを感じる。言葉を失うくらいド派手に盛った扇なんかも見えた。

平安貴族は表と裏地で違う色を使って、季節を表現したんだ。この色のコーディネートを襲色目（かさねいろめ）というよ。たとえば六一段で小少将の君が着ていた桜襲（さくらがさね）は表は白、裏は赤で、桜のようなぽわっと上気したピンク色になるように演出していたんだ。ここでの季節は秋なので、皆が着ている襲は秋の色目だよ。

普段気楽に過ごしているときなら、あまり整っていない容姿の人が交じっていれば見分けがつく。けれども今日のように皆が全力で着飾って化粧し、見劣りしないように見た目を作り上げていたら、みんなすてきな美女イラストそっくりになって見分けがつかない。

見渡してわかるのは、年配かすごく若い人か、髪がぺちゃんこかフサフサか、くらいだ。こうなると扇の上から見えるおでこの感じが、不思議とその人の容姿を上品にも下品にも見せるらしい。こういう状況でも圧倒的に優勝しているように見えるのが、最高の美女なんだろうな。

　かねてより内裏の女房で中宮様にも仕えている五人は、一か所に集まって奉仕している。内侍二人、命婦二人、お給仕役が一人だ。帝に御膳を差し上げるということで、筑前と左京が髪を一束分頭上でおだんごにしたヘアスタイルで、内侍が出入りする隅の柱のところから登場する。この二人もさっきの内侍たちほどじゃないけど、そこそこ天女っぽさがある。

　左京は青色の無地に柳襲をあしらった唐衣を、筑前は五重の菊襲の唐衣を着ている。二人とも定番の摺り裳だ。お給仕役は橘の三位が務める。青色の唐衣の下に唐綾の黄菊襲の袿を着ていて、彼女も頭上に一束分おだんごを作っている。もっとも私のところからは、柱の陰になっていて全身は見られない。

　道長殿が若宮様をお抱きして、帝の御前にお連れする。父子初対面だ。帝がお抱き取りになるとき、フニャ……と少しもれた泣き声がとてもかわいい。宰相の君が若宮様の御佩刀（みはかし）を持って参上された。その後、母屋の中戸より西側の、道長殿の奥様がいらっしゃるところに、若宮様が移られた。

帝が外の御椅子にお出ましになってから、宰相の君はこちらに帰ってきた。「すごく目立っちゃって、めっちゃ恥ずかしいんだけど！」と言って赤らめた顔も整っていてかわいらしい。服の配色も、他の人に比べてレベチの映えっぷりだった。

二八　行幸ライブ〜光栄すぎて泣く道長殿

日が暮れゆくにつれて、いろんな音楽が流れてきて楽しい。公卿たちが帝の御前に控えるなか、万歳楽（まんざいらく）、太平楽（たいへいらく）、賀殿（かてん）などの舞楽が響き渡る。舞人が舞台からはけるときの音楽は長慶子（ちょうげいし）だった。奏者を乗せた舟が中島に築かれた山の先の水路に回り込んで遠ざかっていくにつれて、笛の音も鼓の音も、木立の奥から吹いてくる松風と響き合って聞こえるのが、すごくしみる。

手入れの行き届いた遣水がさらさら流れ、池の水面にさざなみが立つ。うっすら肌寒いのに、帝は御袙（あこめ）をたった二枚お召しになっているだけだ。寒がりの左京の命婦がそかに笑う。

「お寒そうだわ……」と帝を勝手に気の毒がっているのがおかしくて、女房たちがひ

一方、筑前の命婦は「亡き女院の詮子様(注・一条天皇の母で、道長の姉。生前は土御門邸が御所だった)がいらしたときは、このお屋敷への行幸がけっこうあってねえ」などと思い出話を始める。あのときはこうだった、このときはこうだったとくどくど語るのを、みんな面倒くさがって相手にせず、几帳を隔てて放置している。「わー、どんな感じだったの?」なんて聞き出す人がいたら、おいおい泣きだして縁起でもないことになりそうだからだ。

帝の御前で管弦の遊びが始まって、場がとても盛り上がってきたときに、若宮様のかわいらしいお声が聞こえてきた。右大臣が「万歳楽が若宮様のお声の伴奏のようにぴったりですなあ」とほめそやす。左衛門の督らが「万歳、千秋」と声を合わせて朗詠すると、道長殿は「ああ、今までの行幸で鼻高々だったのが恥ずかしい。今回の行幸ほど光栄なことなどないのに」と酔っぱらって泣きだしてしまった。めでたい、な

んであらためて言うのもなんだけど、殿ご自身が光栄さをかみしめていらっしゃることこそが、すごくめでたいことに感じられる。

管弦の遊びが終わると、道長殿は公卿たちのいるあちらの西の対にお戻りになった。母屋の中に戻った帝は、右大臣を御前に呼び寄せ、位階の名簿を筆で書かせた。この機会に、中宮職の役人や道長殿の家司といった行幸の功労者の位階がアップするのだ。名簿ができあがると、帝は頭の弁にそれを読み上げさせるらしい。

若宮様は、この日親王の称号が与えられ、敦成親王となった。親王に直接連なる血縁の公卿たちは帝にお礼の拝舞をなさる。藤原氏であっても、門流が分かれた人々はその列に加われない。続いて親王家の事務方長官を兼務することになった右衛門の督（この人は中宮の大夫ね）、次いで中宮の亮（この人は昇進した侍従の宰相）らが、次々にお礼の拝舞をする。

帝は中宮様の御帳台にお入りになった。ほどなくして、「夜分遅くなりましたので、お帰りの御輿を寄せます」という大声が聞こえてきたため、帝は御帳台からお出になられたのだった。

二九　すごいよ！　赤子パワー

翌日の朝、帝からの文を届ける使者が朝霧も晴れないうちに参上したのに、私はうっかり寝過ごして見られなかった。

平安時代の貴族の男性は女性と一夜をともにした翌朝、すぐラブレター（後朝の文）を送る習慣があったんだ。デートのあとのLINEと一緒で、後朝の文は早いほうがよいとされたよ。こんな早朝に届けるなんて、帝の彰子愛が高まっている証拠だね。

この日、初めて若宮様の髪の毛をお剃りする。生まれたままの髪で帝と初対面していただきたかったので、行幸のあとまでとっておいたのだった。

またこの日は親王家の家政を担当する家司として、別当や侍者などの職員が決定された。今日だなんて聞いてない。前もってわかっていたら身内を推薦したりできたのに。いろいろと残念。

このところ寝殿のインテリアは出産のために普段と違ったシンプル仕様になっていたけど、ようやく以前の状態に戻された。中宮様の御前はこうでなくちゃ！という感じだ。何年もの間待望されていた皇子誕生の思いがかなったこともあり、夜が明けると道長殿も奥様も参上なさって若宮様を大切にお世話される。藤原家繁栄の期待の星だから、かわいがられぶりも格別だ。

三〇　チャラ公卿に塩対応

日が暮れて月がすごくきれいに出ている時間に、中宮の亮がやってきた。行幸の功労で昇進したから、そのお礼を女房から中宮様に伝えてもらいたいようだ。

寝殿の妻戸🐾のあたりは御湯殿の湯気に濡れて、女房のいる気配がないということで、こちらの渡殿の東の端にある宮の内侍の部屋に立ち寄って、「こちらですか？」と取り次ぎを頼もうとする。さらに彼は中の間に寄り、まだかけ金をさしていない格子の上半分を押し上げて、「いらっしゃいますか？」などと言う。私なんかがでしゃばるのもな、と思って返事をしないでいたが、中宮の大夫が「ここですか？」とおっしゃるのまで聞こえないふりをするのもなんなので、ちょっとだけ返事をする。

妻戸は寝殿の東西面にある両開きの戸で、通常の出入り口だよ。この内側が中宮と中宮付きの女房の居場所だけど、いなさそうだから、中宮の亮たちは寝殿と東の対をつなぐ渡殿（女房たちの部屋があるところ）に外から格子を押し上げて声をかけたんだね。

二人とも機嫌がよさそうだ。中宮の亮は「私への返事はしないのに、中宮の大夫は

特別あつかいなさるんですか？　そういうものかもしれないですけど、ひどいなあ。こういうところで露骨に身分差別するなんて」と冗談ぽく私を責める。それから「今日は尊いな～」と催馬楽（さいばら）をいい声で歌った。

催馬楽は平安時代に宮廷貴族が祝宴などの場で歌っていた歌謡だよ。もともとは奈良時代に民間人が歌っていた風俗歌で、ラブソングが多め。中宮の亮が歌っていたのは「安名尊（あなとうと）」という曲だよ。

夜が更けるにつれて、月がいっそう明るくなる。「格子の下半分を取り外してよ」とお二人にせがまれたけど、公卿がハメを外してこんなところに座り込んでおられるのも、私的な場所とはいえ、体裁が悪い。若い女房なら身分をわきまえずにワチャワチャしても許されるだろうけど、私がふざけるのもねえ。そう思ったので格子を外すのはやめておいた。

第五章　誕生五十日目のパーティーは大波乱

三一　五十日の祝いで酔い散らかす貴族たち

生後五十日目には、父や外祖父が赤ちゃんの口にお餅を含ませる「五十日（いか）の祝い」というイベントがある。若宮様の五十日の祝いは、十一月一日に行われた。例によって女房たちがきっちりおめかしして中宮様の御前に参集した様子は、絵に出てくる物合わせの場面にとてもよく似ていた。

物合わせとは、左右に分かれて特定の物を出し合って優劣を競う貴族の遊びだよ。絵や貝、香など、いろいろな種類の物合わせがあったよ。

御帳台の東にある御座所の端に、御几帳を北の奥の御障子から南の柱まで隙間がないように立て続けて部屋を作る。その南側に若宮様と中宮様の御膳が並べられている。

西寄りに置かれた中宮様の御膳は、いつものとおり沈香の木で作られた折敷（角盆）か何かの立派な台だったろうけど、私は見ていない。お給仕役は讃岐の宰相の君で、取り次ぎ役の女房も、元結で髪を結んで前髪を上げてヘアアクセの釵子をつけている。

東寄りに置かれていたのは若宮様の御膳で、お給仕役は大納言の君である。お膳台、お皿、お箸の台、入り組んだ浜辺をかたどった台などどれも小さくて、お人形ごっこの道具みたいだ。御膳の場と東廂との間の御簾を少し上げて、弁の内侍や中務の命婦、小中将の君など、この場にふさわしい女房だけがお膳を取り次いでお運びする。私は奥にいたので、詳しくは見ていない。

この夜は、少輔の乳母が禁色の着用を許され、きちんとした装いで若宮様を抱っこしていた。御帳台の中で道長殿の奥様が若宮様をお抱き取りになり、座ったまま膝で移動される。灯火に照らされた奥様のお姿には、とても輝かしい雰囲気が漂っている。赤色の唐衣に地摺りの裳をかっちりお召しになっているのが、目にするのも恐れ多いくらい美しい。

中宮様は葡萄染の五重襲の袿に、蘇芳の小袿をお召しになっている。若宮様のお餅は道長殿が差し上げなさる。

公卿の席は、例によって東の対の西廂に設置された。道長殿以外の二人の大臣もお見えになっている。公卿の皆さんは渡り廊下の上でまた酔い散らかして大騒ぎだ。ごちそうを詰めた折箱やフルーツ入りのかごなど、お祝いの料理を道長殿の家から家司の方々が次々と持ってきて、高欄に沿ってずらりと並べて飾った。松明の光が心もとないので、四位の少将などを呼び寄せて、携帯用の照明具である紙燭(しそく)をつけさせて、他の人たちに料理を見せる。これらは清涼殿の調理室に持っていくものだ。明日から宮中は御物忌み(おんものいみ)ということで、今夜のうちに急いで片づけて運び去る。

物忌みとは、陰陽道で不吉とされた期間に外出・来客・贈り物などを慎むこと。御物忌みは天皇の物忌みだから、宮中全体が出入り禁止になっちゃうんだ。

中宮の大夫がこちらの御簾のもとに参上して「公卿を御前にお召しください」と中宮様に啓上する。お聞きとどけになったということで、道長殿をはじめとする公卿全員が参上する。階（きざはし）の東側の間を上座として、そこから東の妻戸の前まで皆さんが位階の順にお座りになった。女房たちは二列三列にずらりと並んで座る。ちょうど御簾近くに居合わせた女房がいざり寄ってそれぞれの御簾を巻き上げた。

御簾が上がると、大納言の君、宰相の君、小少将の君、宮の内侍という並びで座っている。酔った右大臣が近寄ってきて、女房の顔を見ようと几帳のほころびを引きちぎって暴れなさる。「いい年してヤバ」とみんながこそこそつつき合っているのも知らず、女房が顔を隠している扇を取り上げて、ひどい冗談を口にする。そこへ中宮の大夫が杯を持って割って入り、催馬楽の「美濃山（みのやま）」を歌い始めた。さりげなく女房を助けてくれるなんて、なんてデキる人なんだ。管弦の演奏も形ばかりだけど、とても上手だ。

その次の間の東の柱のもとに、右大将が寄りかかっている。女房たちの裾や袖口からのぞく衣の数を数えていらっしゃるようだ。その姿には、ほかの人とは違うオーラがある。

右大将・藤原実資は自身の日記『小右記』で絹を五重にも六重にも重ねる衣装のぜいたくさについて批判しているよ。衣の枚数制限を女房が破っていないかどうかチェックしていたのかな。

酔っぱらってみんなグダグダになっているし、どうせ私が誰だかわからないだろうと思って、右大将にちょっと話しかけてみた。流行に敏感なおしゃれな人よりも、こういう実直な人のほうが立派に感じられてドキドキしてしまう。和歌を詠むのが苦手な右大将は、杯の順番が回ってくるのをこわがっておられたけど、よくある「千歳万代（ちとせよろずよ）」という無難な祝い文句でやり過ごしていた。

左衛門の督が「もしもし、このへんに若紫はお控えですか」と几帳の中をのぞきこんできた。光源氏レベルの男性がいないのに、紫の上がいるわけないじゃん、と思ってスルーする。

「三位の亮、杯を受けよ」との道長殿の言葉に、中宮の亮が立つ。父の内大臣がいらっしゃるので、身分の高い父の前を通るのをはばかり、回り道して下手から道長殿の前に進み出る。ちゃんとしている息子の姿を見て、酔った内大臣は感激のあまり泣きだされてしまった。

隅の柱では、権中納言が兵部さんの袖を無理に引っ張って、聞くに堪えない冗談を言っている。それなのに道長殿は何もおっしゃらない。

三二　道長殿の自己肯定感がストップ高

今夜の酔っ払いたちの暴れぶりに危険を感じたので、祝宴が終わるとすぐに宰相の君と相談して、どこかに隠れることにした。東廂は殿のご子息たちや宰相の中将などが入ってきて騒がしいので、二人して御帳台の後ろに身をひそめる。ところが道長殿が几帳をお取り払いになり、私たち二人の袖をつかんでそばに座らせなさった。
「許してほしければお祝いの和歌を一首詠んでよ」と殿はおっしゃる。すごく困ったけどおっかないので、お詠み申し上げる。

いかにいかが　かぞへやるべき　八千歳の
あまり久しき　君が御代をば
（今日の五十日の祝いに、いかに数え尽くすことができましょう。幾千年も続きそうな若宮様の御代を）

「おお、うまく詠んだね」
道長殿は二回ほど口ずさむと、すぐに返歌を詠まれた。

あしたづの　齢しあらば　君が代の
千歳の数も　かぞへとりてむ
（鶴のように千年の寿命があったら、若宮の御代が千年続いても数えられるのになあ）

酔っておられてもこんなによくできた和歌を詠めるなんて、きっといつでも若宮様のことを思っているのだろう。このように殿が若宮様をもり立てているからこそ、誕生を祝うイベントや装飾も輝きを増すのだ。若宮様の未来は千年でも足らないなどと、私のような雑魚でも将来の大成功を思わずにはいられない。
「中宮様、お聞きですか？　うまい和歌でしょ」と自慢なさった道長殿は、「中宮様のパパとして、僕はまあまあイイ感じだよね。中宮様も私の娘としてイイ線いっていらっしゃるし、母君もラッキーすぎて笑いが止まらないいんじゃない？　イイ男をつかまえた!と思ってるでしょ」と冗談をおっしゃる。どうやら泥酔していらっしゃるようだ。

酔っぱらいといっても暴れているわけではないので、落ち着かない気持ちになりつつも、中宮様は楽しそうにお聞きになっている。奥様は聞いていられないと思われたのか、お部屋に戻られたようす。道長殿は「いけね。見送らないと母君に恨まれちゃうからな」とあわてて御帳台の中を通って後を追った。

「御帳台の中を通り抜けるなんてナメとんのか、と中宮様はお思いでしょうけど、この親あっての尊いお立場なんですからね」と殿が言い残すのを、女房たちが笑う。

第六章　中宮様、宮中へ帰る

三三　コピー本製作で大忙し

中宮様が若宮様を連れて宮中にお帰りになる日が近づく。女房たちは準備でのんびりする暇もないが、中宮様は帝へのおみやげ用に『源氏物語』の豪華本をお作りになるという。指示を受けた私は、夜が明けるとまっさきに中宮様の御前にうかがい、色とりどりの紙を選んでそろえ、それに書写用の原本を添えて、清書を依頼する手紙をつけてあちこちに配る。同時進行で、清書されたものを綴じ集めて製本する仕事をして一日を過ごす。

「産後の女性が寒い時期にこんなことをなさっていいの?」と言いつつ、道長殿は中宮様に上等の薄様(うすよう)の紙や筆、墨を持参される。持参品のなかには貴重な硯もあったのだけど、中宮様はそれを私にお与えくださった。道長殿はおおげさに悔しがってみせ、「奥でこそこそそんなことして」と文句を言う。そんなふうにおっしゃりつつも、上等な墨挟みや墨や筆などを私にくださるのだった。

『源氏物語』読者の一条天皇ともっと仲良くなるために、彰子は紫式部に物語の続きの豪華本を作らせておみやげにしようとしているんだね。

実家から持ってきて自分の部屋に隠しておいた『源氏物語』の草稿は、私が中宮様の御前に出ている間に殿がこっそり私の部屋を漁って、次女の妍子様に差し上げてしまった。ちゃんと書き直した原本はみんな書写に回してしまって、推敲前のバージョンが妍子様経由で出回っている状況なので、ボロカス言われそうで心配だ。

若宮様がアウアウとお声を出せるようになられた。こんなにかわいいのだから、帝が若宮のお帰りを待ちわびるのも無理はない。

三四　趣味友との交流という栄養で救われてきたけれど

土御門邸の庭の池に、北からやってくる水鳥が日ごとに増えていく。冬が近づいているのだ。それを眺めながら、「中宮様が宮中にお帰りになる前に雪が降ればいいのに。中宮様の御前のお庭の雪景色は、きっとすてきだろうから」なんて思っていたら、ちょっと里帰りしている間に、二日ほどして雪が降ってしまった。実家の庭の木なんて、なんの見どころもない。眺めていても心が晴れず、あれこれ思い悩んでしまう。

夫が亡くなってから数年来、さみしく物思いにふけって日々を過ごしてきた。花の色や鳥の鳴き声、移ろう季節の空、月や霜や雪にふれても、ただそういう時節なのだなあと意識するくらいで、自分はこれからどうなっちゃうんだろうと思うばかり。行く末が心細いことはどうしようもない。

でも、取るに足りない物語かもしれないけど、物語の話で気が合う人とは心のこもった手紙のやりとりをしたり、少々縁遠い人にはツテをたどってでも声をかけたりして、物語をめぐってさまざまな交流をし、とりとめのない話をしてさみしさをまぎらわせてきた。自分なんかに世間的な価値があるとは思わないけど、さしあたって気がひけるとか、冷たく扱われているとかいった感情を味わうことだけは免れていたのだった。でも宮仕えを始めて、そういう感情をとことん思い知らされている。つらい。

ためしに物語を手に取って読んでみても、昔のような気持ちにはなれなくて、がっかりしてしまう。かつてはキャッキャと物語について語り合えた人も、今では宮仕えに出た私のことを恥知らずで浅はかな人だとバカにしているのかもしれない。そんなふうに邪推する自分も恥ずかしくて、手紙も出せない。

届く手紙も少なくなった。奥ゆかしくありたいと思う人は、宮仕えで大雑把な生活をしている人間は手紙を人目にさらしかねないと疑っているのだろう。そうなると私も、そんな人が自分の心の深いところをわかってくれるはずがないと思ってしまって、すごくつまらない気持ちになる。そんなこんなで、絶交というほどでもないけど、自然に手紙のやりとりが途絶えてしまった人がいっぱいいる。

宮仕えで居場所が定まっていないのだろうと思われているのか、訪れてくる人もめったにいない。そんなささいなことでも、すべてにおいて別世界に来たような気持ちだ。実家に帰ってその気持ちがいっそう強くなり、しみじみ悲しくなる。

今はただ、業務上の会話をするなかでちょっと心ひかれたり、にこにこと言葉を交わせたり、さしあたって自然に親しく語らえたりする女房仲間だけに、かろうじて親しみを感じられるというのが、なんとも頼りない。

そうはいいつつ、大納言の君が、毎夜中宮様の近くで休みながらお話をしてくださったようすが恋しく思われるのも、やはり心が環境に順応したせいだろうか。

浮き寝せし　水の上のみ　恋しくて
鴨の上毛に　さえぞ劣らぬ

（水上に浮かんだまま寝る水鳥みたいに、あなたと一緒にうたたねした中宮様の御前が恋しいよ。一人で寝るのって、鴨の羽毛におりる霜に負けないくらい寒い

んだもの）

大納言の君からはこんな返歌がきた。

うちはらふ　友なきころの　寝覚めには
つがひし鴛鴦ぞ　夜半に恋しき
（おしどりのつがいのように霜を互いに払ってくれる友達がいない夜にふと目覚めたときは、いつも一緒だったあなたが恋しくなるよ）

筆跡まで本当にすてきで、完璧な人だなあと思いながら読む。

「中宮様が雪をご覧になって、よりによってこんなときにあなたが里に帰ってしまった

ことを、すごく残念がっていらっしゃいますよ」と他の女房たちも手紙で伝えてくれる。

道長殿の奥様からのお手紙には、「私が引き留めたからわざと急いで里帰りして、早めに帰参しますと嘘をついたのかな？　いつまでも里にいるってそういうことでしょう？」とあった。冗談でおっしゃっているにしても心臓に悪い。早めに帰参すると申し上げたのは事実だし、こうして奥様から直々にお手紙まで頂戴してしまったので、恐れ多くて帰参することにした。

三五　着ぶくれても、一人

中宮様が宮中にお帰りになる日は、十一月十七日である。出発は午後八時ごろと聞いたのに、だんだん延びて夜が更けてしまった。三十人あまりの女房たちがそろって髪をアップにしてスタンバイしていて、暗くて顔の見分けもつかない。内裏の女房も十人あまり、母屋の東面や東廂に、私たちとは南廂の妻戸を隔てて座って控えていた。中宮様の御輿には、宮の宣旨が一緒に乗る。屋形を絹の色糸で覆った糸毛の牛車には、道長殿の奥様と、若宮様をお抱きした少輔の乳母が乗る。大納言の君と宰相の君は黄金造りの牛車に、次の牛車に小少将の君と宮の内侍が乗る。

その次の車に私と馬の中将が乗ったのだが、彼女は「げ、苦手な人と乗っちゃった」と思っているのを大げさにアピールしてくる。こういうのが宮仕えのうっとうしいところだ。

殿司の侍従の君と弁の内侍、次に左衛門の内侍と殿の宣旨の大式部さんというところまでは乗車順が決まっていて、それ以降の女房たちは例によって思い思いに乗ったのだった。

車を降りると、月がくまなくあたりを照らしている。自分の姿が丸見えなのはキツいなあと思うと、地に足が着かない。先輩である馬の中将を先に行かせたのだが、どこへ行くのかわかっていないようすで足取りがたどたどしい。それについていく私の後ろ姿もきっと同様に見られると思うと、恥ずかしいったらなかった。

細殿の三つめの戸口の部屋に入って寝っ転がっていると、小少将の君もいらっしゃった。話すことはやっぱり宮仕えのつらさ。寒さでごわついた衣類を脱いで隅へ押しやり、モコモコした厚手の服を重ね着して、香炉に火を入れる。体が冷えているから仕方ないけど、かっこ悪いよね、なんて言っているところに、侍従の宰相、左の宰相の中将、公信の中将らが次々と立ち寄ってくる。何もこんなかっこうをしているところに来なくても。今夜はいないものだと思ってくれよ、と考えて居場所は人に教えなかったのに、ここにいることを誰かにお聞きになったのだろう。

こちらが迷惑そうなのを察した彼らは、「明日の早朝に参上しますね。今夜は寒すぎてこごえちゃいますよ」などとあたりさわりのない挨拶をして、こちらの詰め所の門から出ていく。それぞれが家路へと急ぐのを見送りながら、「そんなに急いで帰るなんて、どんだけすばらしい妻が彼らを待ってるんだろ」とつい考えてしまう。いや、これは自分が独り身だから言っているわけじゃなくて。世間一般の夫婦のこともそうだけど、小少将の君がとても上品で美しいのに男関係でつらい思いをしていらっしゃるのを目にしているものだから、つい、ね。父君が出家したことから始まって、小少将の君はそのお人柄のわりに、ちっとも幸せに恵まれていないように見える。

三六　手土産はおしゃれ和歌集

昨夜の道長殿からのプレゼントを、中宮様は今朝になって一つひとつじっくりご覧になる。御櫛箱(くしばこ)の中のヘア小物類は、どれも語彙力が追い付かないくらいすてきで、いつまで見ても飽きない。

一対の手箱のうち、一つには白い色紙を綴じて作った冊子『古今和歌集』『後撰和歌集』『拾遺和歌集』が収められていた。これらの歌集はそれぞれ五冊ずつに仕立てられ、侍従の中納言と源延幹(えんかん)とに、それぞれ冊子一冊に四巻ずつ割り当ててお書かせになった。表紙はうす絹で、綴じる紐も同じ薄絹の唐様の組紐で、懸子(かけご)（注・箱などの縁にかけてはめる底の浅い箱）の上段に入れてある。下段には大中臣能宣(よしのぶ)や清原元輔(もとすけ)のような、過去から今にいたる名歌人たちの個人歌集を書き写したものが入っている。源延幹と近澄の君とが書き写した勅撰集はもちろん立派だけど、これらの歌集はあくまで身近に置いて普段使いするものとして、新進気鋭の無名書家たちに書き写させたようだ。いかにも今どきの人らしい筆跡で、異彩を放っている。

第七章

平安京ガールズコレクション（五節の舞姫）

三七　五節の舞姫の会場入り

十一月の二度目の卯の日には、その年に収穫された穀物を神に奉って収穫を感謝する最大級のフェス「新嘗祭（にいなめさい）」が行われる。その次の日には、神へのお供え物のおさがりを分かち合う豊（とよ）の明かりの節会（せちえ）という大宴会が宮中であるのだけど、その宴会を楽舞で彩るアイドル的な存在が五節（ごせち）の舞姫だ。今年の五節の舞姫に選ばれた女性たちは、十一月二十日に内裏に参入することになっている。中宮様は五節の舞姫の一人のプロデュースを任された侍従の宰相（藤原実成）に、舞姫の衣装などをお与えになる。

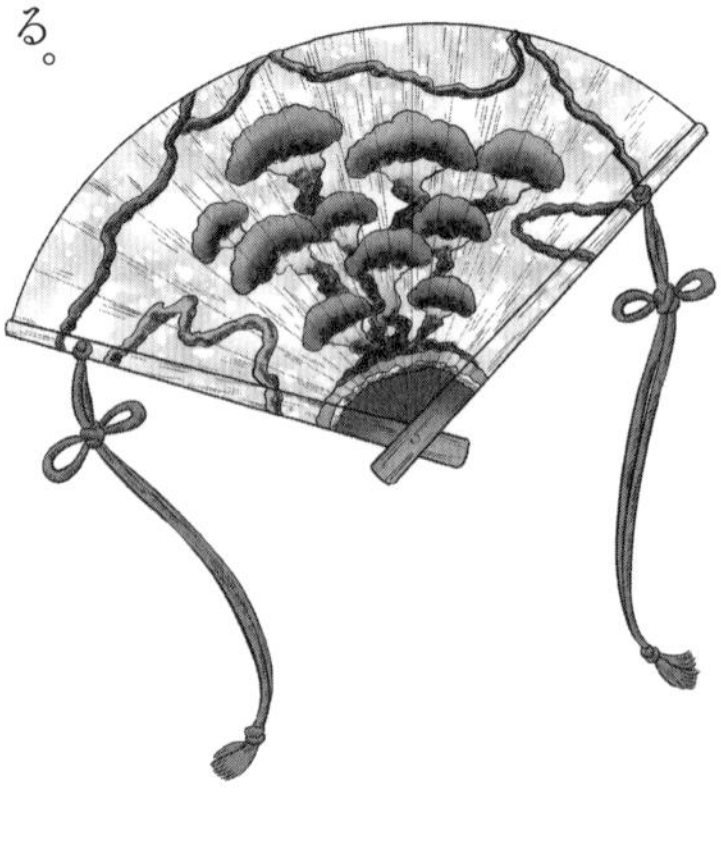

新嘗祭の五節の舞姫は四人編成で、公卿の娘から二人、国司の娘から二人召されるならわしだよ。この時代には舞姫が天皇の后になるような風習はなくなっていたから、公卿は娘ではなく、配下の中級貴族の娘を出したそうだよ。后になれないのに経済的負担が大きすぎることもあって、中宮様が衣装を援助したんだね。

すると舞姫のプロデュースを任されたもう一人の公卿である宰相の中将（藤原兼隆）が、舞姫の冠にたらす飾りである「日蔭の鬘」をご下賜くださるよう中宮様にリクエストした。そこで中宮様は日陰の鬘と一緒に、一対の箱に薫物を入れ、梅の枝の造花をつけてお贈りになった。二人の舞姫でおしゃれを競い合ってね、というメッセージなのだろう。

直前にバタバタと準備する例年と違って、今年は皇子のご誕生もあって、舞姫のおしゃれバトルに気合が入っていると評判だ。当日は中宮様の御座所の向かいにある東の対に設置した板塀に、灯火が隙間なくずらりと並べられ、昼よりも明るいくらいになる。そんなにスポットライトを浴びて衆人環視の中に身をさらすなんていたたまれないように思うのだけど、舞姫たちは平然と歩いて入ってくるので驚くばかりだ。

舞姫に選ばれた人は、まず丑の日の夜に内裏に参入して、常寧殿の五節所（舞姫の控室）に入るよ。それから常寧殿の帳台で最初のリハーサル（帳台の試み）をするんだ。寅の日は清涼殿で「御前の試み」、卯の日は舞姫に付き添う童女を天皇に見せる「童女御覧」、辰の日は舞姫の本番だよ。

もっとも、人目にさらされるのは彼女たちだけではない。ただ私は舞姫みたいに、殿上人とじかに向き合って、紙燭でライトアップされたりしないというだけのことだ。会場の周囲に幕をひきめぐらせて人目をさえぎってあるとしても、その中にいる人には私も舞姫と同じように丸見えになるだろう。そのことを思うと、まっさきに胸がキユーッとなる。

国司の娘として舞姫に選ばれたのは、丹波守・業遠の朝臣の娘と、尾張守・藤原中清の娘だ。

業遠の朝臣の舞姫の介添役は、錦の唐衣を着ている。『漢書』には、いくら出世をしても故郷の人々に知ってもらえなければ、夜の闇の中を錦を着て歩くようなものだという故事があるけれど、この錦の唐衣は闇夜でもまぎれることなくキラキラ光るのが珍しく見える。何枚も重ね着しているから服が歩いているみたいで、動きづらそう。それで殿上人が特別にお世話している。

中宮様の御座所に帝もお渡りあそばして、舞姫をご覧になる。道長殿もおしのびで遣戸の北にいらしているので、私たちは自由にふるまえないのがうっとうしい。

藤原中清の舞姫の介添役は身長がそろっていて、とても上品で奥ゆかしい。雰囲気はほかにも負けていないと評判だ。

右の宰相中将の舞姫の一行は、できる準備は全部やりきったという感じ。トイレ掃除係の二人の童女がきっちり整えているのが田舎っぽくてかわいいと、人々の微笑みをさそっている。

最後に登場した侍従の宰相（藤原実成）プロデュースの舞姫の一行は、あか抜けていてひときわ洗練されている。介添役は十人いて、彼女たちの控室になっている孫廂（まごびさし）（注・廂の外側に設けられたさらに一段低い廂の間）の御簾の下から衣装のすそなどがこぼれ出ているのが、灯火に照らされ見渡される。ドヤァと衣装を見せられるより、こういう見え方のほうが映えると思った。

三八　帝の前で五節の舞のリハーサル

寅の日（二十一日）の朝、殿上人が参上する。例年のことなのだけど、若い女房たちはここ数か月の間、中宮様の出産で土御門邸での里住まいに慣れてしまったせいか、殿方たちの姿に新鮮みを感じているようだ。とはいえ、新嘗祭スタッフの殿方たちが神事のためにおそろいで着る、白地に山藍（やまあい）で模様を摺り染めた青摺衣（あおずりのころも）はまだ見られない。神事は明日と明後日なのだ。

夕方、中宮様は娘が舞姫に選ばれた丹波守をお召しになって、大きめの箱一つに山盛りにした薫物を下賜された。同じく娘が舞姫に選ばれた尾張守へは、道長殿の奥様がプレゼントをお与えになった。

今夜は清涼殿で五節の舞のリハーサルをする「御前の試み」とかで、中宮様も清涼殿へおいでになってご覧になる。若宮様もご一緒なので、魔除けの散米をして大声を上げるのが、例年とは違う感覚だ。

私はなんとなく気が進まなくて、少し休んで状況を見てから行こうと思っていたところ、小兵衛や小兵部なんかも来て炭櫃のそばに座り込んだ。「すっごく狭くて、ちゃんと見えないんだよー」なんて言う。そこへ道長殿がいらして、「なんでこんなところに座ってるの。さ、一緒に行こうよ」とせきたてなさるので、仕方なく御前に参上した。

たくさんの人たちの前で踊るなんて、舞姫はつらいだろうなあと思っていたら、尾張守の娘の舞姫が気分が悪くなったといって退出していく。目の前の出来事が、現実とは思われない。やがて御前の試みが終わり、中宮様はお部屋におさがりになった。

この時期の殿方たちは、舞姫の控室をのぞき見て、どこがよかったとかいうことばかり話している。「簾(すだれ)の端や簾上部の飾り布まで、舞姫ごとにバラバラなんだよね。そこからちらっと見える女房たちの髪や身のこなしも全然違っててさ、ほんといろいろなんだよ」などとあけすけに品定めしているのは、聞くに堪えないなあと思う。

三九　人前で顔をさらすなんて無理無理のむり

舞姫には一人につき二人の童女がつくのだけど、卯の日にはその童女を見せる「童女御覧」が行われる。慶事のないふつうの年であっても、この日の童女は気合が入るだろうに、まして今年の童女たちはどれほどだろうか。待ち遠しくて早く見たいと思っていたのだけど、介添役の女房たちと並んで次々と歩み出てきた様子を見ると、わけもなく胸が苦しくなってきて、かわいそうに思えてくる。特別推している童女がいるわけでもないのだけれど。

もちろん、人々がこの子こそはかわいいと競って差し出した童女たちであるから、目移りしてしまうくらい、みんな甲乙つけがたい。流行に敏感な人なら、パッと見ただけで容姿の良しあしがわかるのかもしれないけど。ただ、今日みたいな雲一つない昼間に、顔を隠す扇もまともに持たせてもらえないで、大勢の殿方が入り交じるなかに立つって、どんな感じなんだろうと思ってしまった。そりゃそういう役割だし、心構えもしているだろうけど、いざとなったらおじけづいて競争心もしぼんじゃいそうだ。などと他人事なのにむやみに心を痛めてしまうのは、堅苦しく考えすぎなのだろうか。

丹波守がプロデュースする童女が着ている青白橡（あおしろつるばみ）の汗衫（かざみ）（注・童女が正装で着用する薄手の上着）がかわいいなーなんて思っていると、侍従の宰相（実成）のところの童女に赤白橡（あかしろつるばみ）の汗衫を、その下仕えの者に青白橡の唐衣を着せるという対照的な色違いコーデにやられた。嫉妬するくらいおしゃれだ。丹波守のところには、一人あんまりかわいくない童女がいる。

宰相の中将（兼隆）のところの童女は、背がすらりと高くて髪もきれいだ。ただ、一人場慣れしすぎている子がいて、いかがなものかと言われていた。みんな濃い紅色の衵（あこめ）を着て、表着はそれぞれ思い思いのものを身に着けている。

汗衫はみんな五重のものを着ているなかで、尾張守の童女は葡萄染だけのものを着ている。それがかえって由緒正しくセンスがある感じで、色合いや光沢などがとてもすばらしい。下仕えの中に、とても顔がいい女性がいた。帝に顔を見せるために扇を外す際、扇を受け取る六位の蔵人たちが近寄ると、自分から進んで扇をさっと投げ渡したのは、殊勝ではあるけれど、女らしさには欠けるかな。

こんな偉そうなことばかり言っておいてなんだけど、私たち女房があの童女たちのように衆目にさらされなさいと言われたら、落ち着かずに歩き回ってしまいそう。自分も宮仕えを始めるまでは、こんなに人前に出ることになろうとは思っていなか

った。けれども驚くくらいみるみる変わっていくのが人の心というものだから、今後はいっそう宮仕えにどっぷり浸かって、男性と差し向かいで顔をさらすことも平気になるくらいあつかましくなりかねない。なんて現実とは思えないわが身のなりゆきが次から次へと想像され、あってはならないことまで想像しそうになる。アカンて！と自分にツッコんでいるうちに、例によって目の前の儀式を見るどころではなくなってしまった。

平安時代の貴族女性は、夫や親兄弟以外の男性とは御簾や几帳越しに対面し、さらに扇や衣の袖、長い髪で顔を隠していたので、直接顔を合わせて会話することはほぼなかったんだ。

四〇　みんなでイタズラ大作戦

侍従の宰相がプロデュースする舞姫の控室は、中宮様の御前からすぐ見渡せるほどの近さである。彼女たちは簾の端からのぞく装束の一部がおしゃれだと大評判だけど、板塀の上からそれを見ることができる。話し声もほのかに聞こえる。

宰相の中将がふと「そういや弘徽殿の女御様のところに、左京の馬？とかいう女房がいたじゃん。昨日、なじんだ様子でみんなと一緒に交っていたね」と顔見知りの元女房のことを口にされた。

「先夜は侍従の宰相の舞姫の介添役をやっていたからね。東側にいたのが左京だよ」

と、やはり彼女を見知っている源少将が答える。

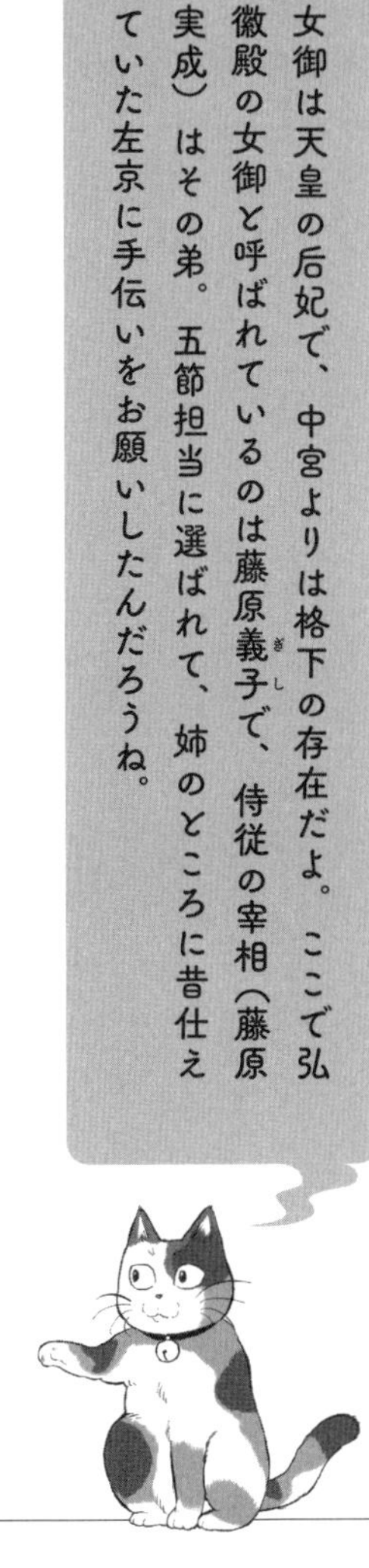

その会話をひょいと小耳にはさんだ中宮方の女房たちは、「面白い話を聞いた」とばかりに口々に話す。知らないふりなんてとてもできない。昔は澄ました顔で女房やってた宮中に、年取ってから下働きの身分で戻ってくるなんて。本人は隠してるつもりかもしれないけど、バレバレですよって教えてやろうよ。

ということで、私たちはイタズラをしかけることにした。

まず、中宮様の御前にあるたくさんの扇の中から、不老不死の仙境である蓬萊山を描いたのを選ぶ。老いへのあてつけなのだが、左京の君に通じるだろうか。

硯箱のふたにその扇を広げて日蔭の鬘を丸めてのせ、五節の童女が使う櫛を反り返らせ、やはり五節の童女が頭髪にさす白い物忌みで両端を結んだものを添えた。

「少しお年を召した方にしては、櫛の反り方が足りないんじゃないの」と殿方たちがおっしゃるので、流行に合わせてみっともないくらい両端を合わせた反らし具合にして、黒方（くろぼう）という薫物を丸めて棒状にして、適当に両端をぶったぎったものを白い紙二枚で包んで、立文（たてぶみ）の形にする。手紙の和歌は私が考えて、伊勢の大輔さんに書いてもらった。

おほかりし　豊（とよ）の宮人（みやびと）　さしわきて
しるき日蔭を　あはれとぞ見し
（おおぜいいた豊（とよ）の明かりの節会の人々の中で、ひときわ目立っていた日蔭の鬘のあなたを感慨深く拝見しましたよ）

中宮様は「同じ贈るなら、もっとすてきな感じに作り込んで、扇もたくさん差し上げたら？」とおっしゃるが、

「おおげさにするのも、趣旨に合いませんから。中宮様が特別にご下賜なさるなら、こっそり意味ありげにするのもどうかと思いますし、これはあくまで私的なプレゼントなのです」と申し上げて、向こうが顔を知らないような人に使者になってもらった。「これは弘徽殿の女御付きの女房である中納言の君からのお手紙で、女御様から左京の君に差し上げたい、とのことです」と大ウソを堂々と言わせて、その場に置いてきてもらう。引き留められたらみっともないことになる、と思っていたら、走って帰ってきた。後ろから「お使いはどこから入ってきたの?」と尋ねる女性の声が聞こえてくる。女御様の手紙だと疑っていないようだ。

column

左京はどうしてバカにされているの?

紫式部の好感度を一気に下げてしまいそうないじめ事件(といっても、変な扇と櫛と回りくどい和歌を贈っただけですが)。そもそも紫式部を含め、女房や男性貴族たちが一致団結していじめたくなる左京とは何者なのでしょうか。若い頃にいったい何をしたらここまで嫌われるのか。第一、勤めて数年の紫式部は彼女の若い頃を知らないはずです。

実は『枕草子』にも、弘徽殿の女御に仕えている左京という女房が登場しています。彼女はこの左京と同一人物なのではないか、と訳者は考えています。『枕草子』の左京は、打臥（うちふし）という名の民間の巫女の娘です。『大鏡』や『今昔物語』にも、よく当たると評判の巫女として打臥の名が出てきます。トランス状態に陥り、倒れたままお告げをすることから、その名で呼ばれるようになったそうです。打臥の熱烈なファンの一人に、藤原兼家がいました。道長の父であり、彰子と定子の祖父です。

兼家はたびたび打臥を自宅に呼んで、自分の膝を枕にさせて占いを聞いていたと『大鏡』で伝えられています。この縁で、娘の左京が女房に取り立てられたのでした。清少納言は『枕草子』で、左京と付き合っていた男性貴族を「打ち臥し」て休めるところがあっていいね～とイジって男性貴族に絶交されたと書いています。本来なら女房になれるはずのない出自の左京を、清少納言はバカにしていたのでしょう。現代で言えば、良家の子女しか入れない名門校に、理事長お気に入りの貧乏な占い師の娘が入学してきたようなものでしょうか。

　ここに登場する左京が『枕草子』の左京と同一人物なら、貴族の男女が一致団結して左京をいじめる動機が見えてきます。身分制度にバチバチに縛られて、「差別ダメ、ゼッタイ」という建前など存在しない世界は、かくも残酷ということでしょう。

　それにしても左京さん、母はトランス状態で未来を当てまくる京の有名人で、清少納言にも紫式部にも著作でイジられ、バカにされながらもめげずに仕事を続けて貴族と恋もしたなんて、キャラが立ちすぎていませんか。彼女を主人公にした物語があったら読んでみたいですね。

四一　十代はアイドルフェスよりもお部屋デート

　ここ数日、特に耳に留まるような出来事もなく過ぎる。五節が終わった宮中は、打って変わってひっそりした気配に包まれた。巳(み)の日の夜に賀茂の臨時祭に備えて行われた舞楽の最終リハーサル（調楽(ちょうがく)）は実にすてきだったけれど、若い殿上人は宴会が名残惜しくて退屈しているだろうな。

　道長殿の第二夫人である高松の上には、十代の息子さんが何人かいらっしゃる。このたび中宮様が宮中にお戻りになった夜から、彼らが女房たちの部屋に出入りすることが許されるようになった。それでひっきりなしに少年たちがすぐ近くをばたばた歩き回っている。こんなにいたたまれないことある？　私はもう年なのを口実にして、引きこもりますけどね。彼らは五節が恋しいとも思ってないみたい。やすらいや小兵衛といった若い女房の裳の裾や汗衫にまとわりついて、小鳥のようにキャッキャとふざけていらっしゃる。

四二　イタズラ大作戦その後

毎年十一月下旬の酉（とり）の日には、賀茂神社で臨時祭が行われる。勅使は道長殿の五男である権中将の君（藤原教通）だ。当日は宮中の御物忌みで出入りができなくなるので、道長殿は前泊なさる。公卿も舞人を務める殿方たちも一緒に泊まり込んでいたので、女房たちのいる細殿のあたりは一晩中ワイワイガヤガヤしていた。

臨時祭は例祭以外の日に行う祭のこと。賀茂神社は朝廷にとって大切な神社だから、臨時祭のときは帝が勅使を神社に送るんだ。当日は清涼殿の東側の庭で出立の儀式があって、舞も奉納されるよ。

当日の早朝、内大臣の随身（護衛）が、道長殿の随身に何かを手渡していた。このあいだ左京に扇を入れて贈った硯箱のふたに、銀の冊子箱をのせたものだ。鏡がはめこまれていて、沈の櫛や銀の笄が添えられている。どうやら勅使に選ばれた若君に、鬢を整えなさるようにという意図のプレゼントらしい。

箱のふたに葦手書き（注・文字を葦や鳥などの形にくずして絵画風にする書き方）で書かれているのは、あの「日蔭の鬘」の和歌の返事のようだ。返歌には文字が二つ欠け落ちていて、もともとの和歌の趣旨とも内容がずれている。どうも内大臣は、あのいたずらプレゼントを中宮様からの贈り物と思い込まれたらしい。それでこんなにおおげさなお返しになってしまったと聞かされた。たわいもないおふざけがどえらいことになって、ほんと申し訳ない。

道長殿の奥様も参上なさって、勅使の出立の儀式をご覧になる。藤の造花を冠にさした若君は、すごく堂々として大人びていらっしゃる。若君の乳母だった内蔵の命婦は、もう舞人なんかには目もくれない。若君をひたすら見つめては、感動の涙にむせんでいた。

宮中の御物忌み中なので、賀茂の神社から勅使たちが帰参したのは日付の変わった丑の刻（午前二時ごろ）だった。真夜中ということもあり、お迎えに演奏する御神楽（みかぐら）なども ほんの形ばかりである。昨年までは神楽の舞の名手としてふさわしい舞を見せていた尾張兼時（かねとき）が、今年はすっかりよぼよぼになってしまっている。自分には関わりのない人とはいえ、いたわしく、身につまされてばっかりだ。

第八章　年の暮れに大事件勃発

四三　夜が更ける、私も老ける

しばらく実家でお休みをいただいて、十二月の二十九日に宮中に帰参する。初めて宮中に足を踏み入れた日も、十二月二十九日だったっけ。あのときは、まるで夢の中をさまよっているみたいだった。あのころを思い返すと、すっかり宮仕えに慣れきっている自分に嫌気がさしてしまう。

夜もずいぶん更けた。御物忌み中なので、中宮様に挨拶にも上がれない。心細い気持ちで横になっていると、前にいる女房たちが、「宮中はやっぱりほかとは雰囲気が全然違うね。実家だったらもう寝る時間なのに、殿方が通う靴の音がしょっちゅう聞こえてくるから目が覚めちゃう」とウキウキした口調で話をしているのが聞こえてきた。

年暮れて　わがよふけゆく　風の音に
心のうちの　すさまじきかな

（年が暮れて、夜がふけて、私もふける。あの風の音は、宮仕えになじめない私

（の心の中を吹き抜けていく寒々しい風かな）

なんて、ついひとりごと。

四四　大晦日の全裸女房事件

大晦日の夜、悪鬼を追いはらう追儺（ついな）の行事がかなり早めに終わったので、お歯黒とかちょっとしたお化粧などをしてくつろいでいたところに、弁の内侍が来た。二人で世間話をして、彼女はそのままお休みになる。

内匠（たくみ）の蔵人（くろうど）は長押（なげし）のあたりに座って、縫い物をしている〝あてき〟という名前の童女に「重ねひねり」というテクニックを熱心に教えている。

そのとき、中宮様のお部屋のほうから、鋭い悲鳴が聞こえてきた。びっくりして弁の内侍をゆり起こしたが、すぐに起きてくれない。誰かが泣きわめく声がして、すごくこわくて、どうしていいかわからない。火事かと思ったが違う。

「ちょっとちょっと内匠の君！」

と内匠の蔵人をまず立たせ、それから弁の内侍を荒っぽくどついて起こす。

「とにかく！　中宮様はお部屋にいらっしゃるから、とりあえず参上してごようすを確認しようよ！」と、三人でプルプルふるえながら中宮様のところへ向かう。足も地に着かない心持ちで参上したところ、裸の女房が二人うずくまっていた。靫負と小兵部だ。宮中に忍び込んだ引き剥ぎに服を奪われたのだろう。悲鳴の理由がわかると、いよいよ不気味さが増す。


台所勤務の職員も皆退出し、中宮様付きの侍や警護の武士も、追儺の行事が終わってすぐに帰ってしまった。手を叩いて大声で呼んでも、返事をする人はいない。そういえば、食膳置き場に雑務担当の老女がいたはず。ほんとなら下仕えの女官に女房が直接口をきくのは恥ずかしいことなんだけど、仕方がない。「殿上の間にいる兵部丞という蔵人を呼んで！」と彼女に頼んで弟を探してもらったが、弟も退出していた。限りなく頼りにならんやつ！

そのうち、式部丞（藤原資業）が参上して、あちこちの灯台の油皿に一人で油を注いでまわる。女房たちはただ茫然として、顔を見合わせてへたりこんだままの者もいる。帝からは、中宮様を見舞う使者が遣わされた。

あー、ほんとこわかった。

中宮様は収納庫にある衣装を取り出させて、裸にされた女房たちにご下賜なさった。元日用の晴れ着は盗まれなかったので、二人とも何事もなかったようにふるまっているが、あの裸が目に焼き付いて離れない。恐ろしいけどちょっと笑える。不謹慎だから口には出せないけど。

第九章

女房たちについていろいろ言いたい

四五　宰相の君が正月からかわいい

そんなこんなで年が明けた。元日には不吉なことを言ってはいけない「言忌み」という風習があるけれど、昨日みたいな事件があったらそれどころじゃない。この日は陰陽道で凶とされる坎日でもあったので、元日に若宮様の頭に餅をのせて前途を祝う、御戴餅の儀式も中止だ。

若宮様は三日に清涼殿に参上なさる。今年の若宮様のお給仕役は大納言の君である。装束は、元日の日は紅色の衣に葡萄染の表着、赤色の唐衣に、地摺りの裳を合わせている。二日は、紅梅の織物の表着、濃い紅色の掻練、青色の唐衣に、カラフルな摺り模様の裳を合わせる。三日は、唐綾の桜襲の表着に、唐衣は蘇芳の織物だった。濃い紅の掻練を着る日は紅を中に着て、紅の掻練を着る日は濃い紅を中に着るのは、セオリー通りである。萌黄、蘇芳、山吹の濃いのや薄いの、紅梅、薄色など、普段使いの色を一度に六種ほど合わせて、そこに表着を重ねるというすごくおしゃれな着こなしだ。

宰相の君が御佩刀を持って、若宮様をお抱き申し上げている道長殿に続いて、清涼殿に参上される。紅の袿の三重五重に三重五重の袿を交ぜ、ツヤ出しした紅の七重襲に、さらに単衣を縫い重ねて八重にしている。その上に同じ紅の固紋(かたもん)の五重を着て、袿は葡萄染の浮紋(うきもん)で木の葉模様を織り出していて、仕立て方まで才能を感じる。三重襲の裳に、菱形の紋様を織り出した赤色の唐衣の作りも、すごく中国風(シノワ)でしゃれてる。とてもきれいめな着こなしで、髪型もいつもよりきちんと整え、見た目もふるまいもあか抜けていてすてきだ。身長もちょうどよくて、ぷにぷにしていて、顔はすごく整っていて、魅力が爆発してる。

大納言の君はとても小柄で、小さいと言っていいレベル。色白でかわいらしいふっくらさんなの

宰相の君

に、見た目はとてもすらりとしている。背より一〇センチほど長い髪は、根本から毛先まで誰もまねできないほどきめこまやかで見事だ。あか抜けた顔立ちで、ものごしも可憐でやわらかい。

宣旨の君はとてもほっそりした小柄な人で、スタイルがすらりとしている。毛流れは整って美しく、袿の裾から三〇センチほど余るくらい髪が長い。こちらが引け目を感じるくらい圧倒的な気品を放っておられる。どこからかふと歩み出ていらっしゃっただけで、こちらも気が張ってしゃんとしなくちゃという気分になってしまうのだ。心の持ち方からちょっとした言葉遣いまで、貴婦人ってこういう人のことをいうのだと思う。

四六　女房美女名鑑

このついでに、ほかの女房の皆さんの容姿について書いたら、口さがないと言われてしまうかな。今生きている人ならなおさらよ。いつも顔を合わせる同僚について書いたら面倒なことになりそうだし、どうかと思う欠点が少しでもある人のことは言わないでおこう。

宰相の君……といっても推しじゃなくて北野の三位の娘さんのほうなんだけど、ぽっちゃりしてとても顔が整っていて、知的な雰囲気が漂っている。初対面のときより仲良くなってからのほうが断然いい。洗練されていて、口元に気品があって唇がプルプル。ふるまいにも人目をひかずにおれない美しさがあり、華やかに見せている。性格もとても感じがよくて素直。一方で、こっちがビビるくらいの品の良さがある。

小少将の君は、どことなく上品で優美で、二月ごろのしだれ柳のようだ。容姿はとてもかわいらしく、態度も奥ゆかしい。自分では何も判断できないというような控えめな性格だ。すごく引っ込み思案で、見ていられないほど幼い。腹黒な人に

小少将の君

つらく当たられたり告げ口をされたりしたら、すぐに思いつめて死んじゃいそう。そういうか弱くて頼りないところが、かなりの不安材料である。

宮の内侍はとても清楚な人だ。身長はちょうどいいくらい。座っている姿も立ち姿もすごく堂々としていて、今っぽい容姿だ。細部のパーツはとりたてて美しいわけではないものの、すらりとしているから雰囲気美人に見える。通った鼻筋、黒髪に映える美白肌などは、誰にも負けていない。頭の形、前髪、おでこの形なんかも、もうほんとに清らかではんなりとして魅力的だ。素でふるまっていても感じのいい性格で、どこから見ても少しも気になるところがない。すべてにおいてこうでなくちゃ！とお手本にしたいような人柄だ。おしゃれぶったり気取ったりするようなところも全然ない。

式部さんはその妹。ぽっちゃりを超えて太ってる人で、肌は輝くような白さ、顔はとても整っていてきれいなの。髪はつるんとまっすぐで、長くはなさそうな髪をエクステで補って中宮様にお仕えしている。ぷくぷくした姿がほんとに愛らしい。目元やおでこの形などもとっても清楚で、ちょっと微笑んだところも愛嬌たっぷりだ。

四七　女房美女名鑑　若い子編

若い女房の中で顔がいいと思えるのは、伊勢の大輔か源式部あたり。伊勢の大輔は小柄で見た目がとてもあか抜けている。髪もつやつやで、もともと身長より三〇センチ以上長いくらい毛量が豊かだったんだけど、今は抜け落ちて少なめになってる。賢こそうな顔立ちで、あーもーほんとすてきなの。顔のパーツで直すべきところなんて全然ない。

源式部はすらりとしたちょうどいい身長で、顔も整っている。見れば見るほど心惹かれるかわいさ。清楚でこざっぱりしていて、良家のお嬢様っ

ぽい。小兵衛や少弐なんかも、とても清潔感があってきれいなんだよね。

こういうきれいな子たちを殿上人がほっておくわけがない。誰だって恋に浮かれたら匂わせてしまうものだけど、彼女たちは人目のないところでも用心しているので、バレずにすんでいるみたい。

そういえば、宮木の侍従って女房が本当に繊細ですてきな雰囲気だったのよ。とても小柄でスリムで、いつまでも少女のままでいてほしかったのに、「もうババアだから」と言って出家して宮仕えを辞めてしまった。袿より少し長いくらいの髪をさっぱり切りそろえた姿で中宮様にあいさつしたのが、最後の出仕だった。顔もすごくよかったのに。

五節の弁という人もいたわ。平中納言が養女として大切に育てたんだって。絵に描いたような顔をして、おでこがメチャ広い。目は切れ長で、顔にはこれといった難点がない。色白で袖からのぞく手や腕がとてもきれい。初めて会った春には身長より三十センチほど長くて豊かだった髪も、びっくりするぐらい減ってた。といっても毛先が細くなってるわけじゃなくて、身長よりちょっと長いくらいはあるのよ。

小馬(こま)という人は髪がとても長くてねえ。以前はいい娘さんだったんだけど、今は「膠(にかわ)で固めた琴柱(ことじ)か？」ってくらい、頑固に実家に引きこもってるんですってよ。

こうやって人の見た目をあれこれジャッジしてきたけれど、性格を評するのは難しいね。人それぞれだし、性格が極悪！って人もそうそういないじゃない。それに、すてきさ、落ち着き、知性・教養、センス、信頼感なんかをすべて備えるのは難しいもんね。観点がいろいろあるから、どの点をもって性格良しとするかは悩みどころよ。

こんなことばかり言って、上から目線でごめんなさい。

四八　斎院vs中宮御所

賀茂の斎院に中将の君という女房が仕えてるって聞いたことある？　ツテがあって、ある人から中将の君が他の人に送った手紙を内緒で見せてもらったの。やたら思わせぶりで自分だけが世界で唯一ものの価値をわかっている思慮深い人間で、世間の人は思慮も分別もないと言わんばかりでさあ。読んでいるうちになんとなくイラッとするというか、下々の者が言う「ムカつく」という感情がわきあがってきたわ。

そりゃ私信にしてもよ？

「うちの斎院様以外に和歌などで才能アリかどうかを見分けられる人なんていかしら？　世の中に才能ある人が出てきたら、うちの斎院様だけがおわかりになって女房としてスカウトしてくるでしょう」

なんて書くか？？？

確かに斎院様は立派な方だ。でもね、自分サイドの人間だけをそこまでほめるならこちらも言わせていただくけど、斎院方から出てきた和歌で、そこまで名歌と思えるものなんて特にないでしょ。そりゃあちらはとても趣があって、由緒ありげな環境でいらっしゃるでしょうよ。けど、仕えている女房を比べて張り合うなら、こちらで拝見する中宮様付きの女房に比べて、必ずしもあちら側が勝っているとは言えなくない？

賀茂神社に奉仕する未婚の皇女を賀茂斎院と呼ぶよ。ここで斎院と呼ばれているのは、第62代村上天皇の第10皇女である選子(せんし)内親王。歌人としても有名で、才能豊かな女房たちが集まっていたそうだよ。賀茂斎院の御所のある紫野(むらさきの)は内裏から離れた自然豊かな場所だったんだ。

だいたい斎院の御所は、常時人が立ち入るような場所じゃないのよ。私もすてきな夕月夜や風情ある有明の鑑賞、お花見、ホトトギスの声を聞く会で参上したことがあ

るくらいかな。斎院様はほんと趣味が良くて、御所はまるで別世界のようにスピリチュアルな空気が漂ってた。気が散るような雑用も全然なくてね。

ほら、こっちは中宮様が帝の御前に参上なさったり、道長殿がいらっしゃったり、泊まり込みなさったりといったことでバタバタするじゃない。そういう雑事がないから、落ち着いて駆け引きを楽しめる空間になってるの。それで艶っぽいイベントが目白押しでしょ？　いちいち妄想されて軽薄なうわさを立てられることもないわけよ。

私みたいに、埋もれ木を折ってさらに地中深く埋めたような引っ込み思案な性格でも、斎院様にお仕えしてたら、初対面の男性と和歌を詠み交わすことだってできると思うんだよね。あそこなら、軽薄な女だと評判を立てられることもないでしょ。そしたら私だって本気出して色っぽい和歌を詠みまくりますわ。まして容姿や年齢で引け目を感じない若い女房がおのおの気合入れて恋心を前面に出した和歌を詠む気になれ

ば、斎院方の女房にだって絶対負けないと思うよ。

結局、中宮様のいらっしゃる宮中は、殿方が日ごろ見慣れている職場なんだよね。女御やお后がバチバチやり合ったりもしてないし。そっちはどうだとかあっちはどうだとか比べる方もいらっしゃらないでしょ。だから男も女も張り合うことなくのんびりしてる。中宮様ご自身が、色っぽい歌のやりとりなんて浮かれすぎだとお思いでいらっしゃるというのもある。だから少しでも女房としてふさわしくあろうとする人は、人前に出たりしないんだよね。

まあ、人懐こくて恥とか人のうわさとかを気にしない下臈(げろう)の女房もいるけどね。そういう子たちが気軽に殿方と応対するから、殿方が立ち寄って話しかけるのは下臈の女房たちばかりになっちゃってさ。それで中宮方の女房は引きこもりすぎだとか、逆に配慮に欠ける子ばかりだとか言われちゃうの。だからやっぱり、上臈や中臈(ちゅうろう)くらいの女房たちが奥に引っ込みすぎてお嬢様ぶっているのも考えものよ。そんな態度じゃ、中宮様のお飾りにもならないって。かえって見苦しいと思う。

なんて、彼女たちをすっかり知っているように書いてしまったけれど、女房はみんな人それぞれで、そんなに激しく優劣があるわけでもないんだよね。長所もあれば欠点もあるってところ。若い女房でさえ落ち着いて真面目にふるまおうとしているときに、上臈や中臈の女房がみっともなく浮かれるわけにもいかないだろうし。ただまあ全体的に、こういう情緒に欠ける職場の空気は改善していきたいと思う。

四九　なぜウチらは地味なのか

いやいや、中宮様の性格に問題があるって言いたいわけじゃないの。気遣いがあって奥ゆかしい方よ。ただ、遠慮深すぎて、女房たちに対して何も口出しするまいと思っていらっしゃるところがあってさ。ていうか、口出ししたところで、こちらに恥をかかせることなく安心して人前に出せるような女房なんてめったにいないと思い込んでいらっしゃるのね。確かに人前でハンパなことをされるくらいなら、何もしないでもらったほうがマシだもんね。

昔、大して教養もないのに内輪でイキり散らかしていた女房がいて、何かの機会に勘違い発言をしたことがあったんだって。まだ少女だった中宮様は、その話を聞いて「ありえないみっともなさだわ……」と身にしみてお感じになったそうよ。だから中宮様は、これといった失敗をすることなく過ごせさえすれば、とにかく安心だと思っていらっしゃるのね。子供子供した良家のお嬢さんたちが皆、そうした中宮様の御心に沿うようにお仕え申し上げていた結果、こういう雰囲気になったんだろうね。

今は中宮様もだんだんと大人になられているので、後宮のあるべき姿、女房の性格の良しあし、いきすぎなところも至らないところも、みんなおわかりになっていらっしゃる。だからこの中宮御所にしょっちゅう出入りしてる殿上人らが、「ここは面白くない」と思ったり言ったりしているらしいことも、みんなご存じよ。

そうかといって、ここは職場なのだから風流一辺倒でいくわけにもいかないじゃない。一歩間違えればスキャンダル沙汰だからね。で、女房たちは風情なく引きこもってしまう。中宮様はもっと積極的になってほしいと思ったり口にしたりもするけれど、この空気はおいそれとは変わらないよねえ。

それに今どきの若い男性たちって空気を読むでしょ。ここにいる限りはみんな真面目人間になってしまうのね。まあ彼らも斎院のようなところで月を眺めて花を愛でていれば、艶っぽいことを自然にしたくなったり口にしたりもするんでしょうよ。それで朝晩出入りしてすっかり見飽きた中宮御所については、「小耳にはさんだ会話を気の利いたやりとりに発展させたり、風情ある話をふられて恥ずかしがらずに答えられる女房が少なくなった」なんてうわさしてるみたい。昔の後宮の女房はどうやら気が利いていたらしいね。見たことないから知らんけど。

『枕草子』では、男性貴族と女房が和歌や漢詩を引用しまくったおしゃれな会話を繰り広げたり、男女入り混じって雪山を作ったり、大学のインカレサークルみたいに楽しげだった定子の後宮の様子が描かれているね。でも定子の死後に宮中入りした紫式部からすれば、そこと比べられても「知らんがな」だよね。

ともあれ、こちらに立ち寄ったときのちょっとした応答で、殿上人たちをイラつかせてしまうようでは困る。女房たるもの、上手に対応できて当然なのだから。これだから、コミュ力の高い女房は珍しいと言われるのだ。人と顔を合わせるのが苦手だからって引きこもっているようじゃ、賢いとはいえない。といって、節操なくあちらこちらに媚びればいいというものでもないんだけど。その場の空気を読んで、ちょうどいいくらいの愛想をふりまくのが、そんなに難しいのかなあ。

まず改善すべきなのは、上臈の女房たちよ。たとえば中宮の大夫が中宮様とお話をしに参上なさった折、子供のように頼りない上臈の女房たちは、中宮の大夫と対面なさることはめったにないの。どうにか応対しても、何一つはきはきとお話しなさることができないっぽい。言葉を知らないとか気配りが足りないとかじゃないのよ。恥ずかしがって気おくればかりして、人と話す訓練ができてないのね。それで言い間違いをしたらヤバい、絶対聞かれたくない！とビビりすぎて、顔を出すことすらしないのよ。よその女房はそんなことないらしいじゃない。仕事に男性とのやりとりはつきものなのだから、宮仕えを始めたらどんなに生まれ育ちが高貴な人でも、みんなしきたりに従っているんだよ。それなのにここの上臈の女房たちときたら、みんなしていつまでもお姫様気分のままで困っちゃう。

中宮の大夫は、下臈の女房が応対に出るのを快く思っていないわけ。だからそれなりの地位で応対もできる女房が里に帰っていたり手が離せなかったりすると、取り次ぎ不在でそのまま帰ってしまわれる。中宮御所に参上しなれているそのほかの公卿は、中宮様に何か取り次いでほしいことがあるときは仲良しの女房に頼んでるから、その女房がいないとつまらなさそうに立ち去っていく。彼らが何かにつけて中宮周辺のことを「引きこもりすぎ」と言うのも当然だよね。

斎院方の女房も、こういうところをバカにしてるんでしょうね。だからって、自分たちのほうは見る価値あって他の人はものを見る目も聞く耳もないと見下すのも違うでしょって思う。一般論として、他人にダメ出しするのは簡単だけど、自分のふるまいに気を付けることは難しいものよね。そんなこともわからないで、自分が賢いと思い込み、他人をないがしろにして世間の悪口を言う。こういうところに、その人のレベルが表れるんじゃないかな。
あー、ほんと見せたかったな、あの手紙。ある人が隠していたのをこっそり見せてもらったんだけど、すぐに取り返されてしまったから、見せられなくて残念だわ。

ここで中宮の大夫と呼ばれている藤原斉信は、『枕草子』でも清少納言と漢詩や和歌をまじえたおしゃれなやりとりをしていて、女房たちのアイドル的な存在だったみたいだね。斉信が女房に何を期待しているのかを知っているからこそ、紫式部は歯がゆかったんだろうね。

五〇　和泉式部・赤染衛門・清少納言に一言

手紙と言えば、和泉式部（いずみしきぶ）がやりとりした手紙はすてきだった。まあ、和泉にはちょっとけしからんところがあるんだけど、それはおいといて。手紙を走り書きするなかで文才を発揮するタイプで、ちょっとした言葉遣いにも匂い立つような魅力がある。和歌もめちゃ刺さる。知識や理論の面から言えば本格的な歌詠みらしくはないけれど、ノリで詠んだ和歌にも必ず素敵なフレーズがあって、目を奪われてしまう。それでも彼女が人の和歌を悪く言ったり批評したりするのを目にすると、いや、あなたそこまで和歌に詳しくなくない？と思ってしまうのだ。口からついて出るままに感性で和歌を詠む系の人なんだろうな。こちらがコンプレックスを感じるほどの歌詠みではないと思う。

和泉式部は人妻ながら情熱的な和歌でセレブ兄弟（為尊親王・敦道親王）を夢中にさせた恋多き女。その二人との死別を経て、一〇〇九年くらいから彰子の女房として仕えていたよ。道長も彼女の扇に「うかれ女の扇」と書きつけたくらいだし、紫式部からすれば、「けしからん」存在だったのかも。

赤染衛門は丹波守・大江匡衡の奥様なんだけど、あんまり夫婦仲がいいので中宮様や道長殿あたりでは匡衡衛門と呼ばれている。特に天才ってほどでもないけど、歌風が本当に格調高い。歌詠みだからってなんでもかんでも詠み散らかすことはないものの、有名な和歌はちょっとした折に詠まれたようなものでも、それこそ自分なんてまだまだだなと思ってしまう詠みぶりだ。

和泉式部と赤染衛門も、紫式部と同じく彰子の後宮をテコ入れするために呼ばれた話題の才女なんだ。赤染衛門は夫とわが子を溺愛する家庭的な女性として知られていて、息子を出世させるために道長の妻(倫子)に送った泣き落としの和歌は有名だよ。

第三句と第四句とのつなぎがうまくない和歌を「腰折れ」というけれど、世の中には、腰折れどころか腰離れしてるんじゃない?ってレベルでシュールな和歌を詠んで、深い意味があってやってる風に見せかける人もいる。それで賢いつもりなのかもしれないけど、感じが悪いし、かわいそうだとも思う。

賢いつもり、といえば清少納言！ あの人こそ、したり顔がすごい人だった。あんなにインテリぶって漢字を書き散らかしてるけど、よく見れば全然教養が足りてない。ああいう「人と違う自分」でいたがる人って見ててイタいし、年取ったらただの変人になるだけ。おしゃれ気取りの人にありがちなんだけど、殺風景でどうってことない状況でも「エモい」と感動し、すてきなところを見逃すまいとしているから、自然と嘘っぽい上っ面だけの人になっていくんだよね。

そんな薄っぺらな人が、どうしていい老後を送れると思う？

column

紫式部と清少納言

清少納言が定子に仕え始めたのは九九三年、定子が亡くなって清少納言が宮仕えを辞めたのは一〇〇〇年だから、一〇〇五年から彰子に仕え始めた紫式部は清少納言とは接点がありません。彰子が中宮になった翌年に定子が亡くなっているから、彰子と定子が対抗意識を燃やしていたということもなさそうです。それなのに、なぜ紫式部はこんなに清少納言をディスっているのでしょう。さまざまな説があります。

①『枕草子』で清少納言が紫式部の夫の奇抜ファッションをネタにしたから説

『枕草子』の「第百十四段　あはれなるもの」で、紫式部の亡夫・藤原宣孝の「御嶽詣で」エピソードがネタにされています。御嶽詣で（金峰山に参拝）をする際は、高級貴族でも粗末な身なりをするのがしきたりでした。ですが宣孝は「あぢきなきことなり。ただ清き衣を着て詣でむに、なでふ事かあらむ。必ず、よも、あやしうて詣でよと、御嶽さらにのたまはじ」（そんなのつまんねね。清潔な服ならなんでもよくない？「絶対貧乏くさい身なりで来いよ」とか神様がまさか言うわけないし）と言って紫と黄色と白のド派手ファッションでお参りしたのです。その後、彼は職を得て本人の言うとおりご利益があったというオチなので悪口というほどではありませんが、「人の夫を面白コンテンツにするんじゃねえ！」とムカついていてもおかしくありませんね。

②『枕草子』に定子のキラキラ部分しか描かれていないことに納得してない説

彰子の出産前、道長が物の怪におびえていたのを目の当たりにしていた紫式部は、道長が亡き定子に恨まれてもおかしくないほどの圧力をかけていたのを知っていたはずです。それなのに『枕草子』に描かれているのは、後宮の明るく楽しかった思い出ばかり。定子の苦境について触れず、すてきなことしか書かないのは、上っ面ばかりで物書きとして不誠実だと思っていたのかもしれません。

③彰子の後宮が定子の後宮と比べられてつまらないと貴族たちに言われていたので対抗意識を燃やしていた説

定子が存命の頃、明るくて機転の利く清少納言は男性貴族に大人気だったようです。軽口を言い合える男友達がたくさんいた様子が、『枕草子』からもうかがえます。嫌われないように「一」という文字すら書けないアホのふりをしていた紫式部からすれば、知性をひけらかしても嫌われない清少納言が「ずるい」存在に映っていた可能性があります。

④シンプルに清少納言のアンチ説

イケメン貴族たちに言い寄られた話を役職名付きで書き、いろいろな人をコケにしていた清少納言。現代で言えば、ＳＮＳでキラキラ生活とプレゼントのブランド品をチラ見せしながら下々を煽るインフルエンサーのようなものでしょうか。アンチがつくのも仕方がないのかもしれません。

第一〇章　私もたいがいなんですが

五一　人のこと言ってる場合じゃなかった

とまあ、人様の欠点についてあれこれ書いてきたけれど、そんな欠点など何一つ思い当たる節もなく過ごしてきたというのに、老後が不安なのは自分のほうだという救いのない現実に突き当たってしまった。が、さみしさですさんでしまうような人間にはなるまいと思う。さみしい気持ちは消えていないから、もの思いが募る秋の夜、端に出て座って空を眺めることもある。でも「昔、月が私をほめてくれたっけ」と、どうしても昔見た姿が思い出され、世の人が嫌う月のタブーを犯してしまいそうになる。それを避けて建物の奥に引っ込むのだけど、やはり心のうちでは、尽きぬ思い

が次から次へとわいてくるのだ。

月を見て過去を偲ぶことをタブー視する考えは、白居易（はくきょい）の漢詩「内（ない）に贈る」の一節「月明に対して　往事を思ふことなかれ／君が顔色を損じて　君が年を減ぜん」（月明かりにむかって過去を偲んではいけない。あなたの容色を損ない、寿命が縮むだろうから）から来ている説があるよ。

風の涼しい夕暮れ、一人でうまくもない琴をかき鳴らしていると、「わび人の住むべき宿と見るなへに嘆き加はる琴の音ぞする」という和歌が頭をよぎった。この和歌を知っている人が今の私を見たら、「ただでさえ孤独なのに琴の音で余計さみしさが増してるじゃん……」と思われるだろうな。いやだいやだ。でもそんなふうに自意識過剰になることこそ、バカみたいだし、哀れでもある。

そういうわけで、箏の琴や和琴は調律したまま、みすぼらしく黒ずんですすけた部屋にほったらかされている。コンディションを気にして「雨の日は湿気で弦がゆるむから琴柱を倒しておきなさい」と侍女に言ったりもしないので、塵が積もったまま厨子に立てかけっぱなしだ。その厨子と柱との間に、首を差し込んだような状態で琵琶も左右に立てかけてある。

大きな厨子の一つに隙間なく積んであるのは、古歌集や物語類。どれも得体の知れない虫の巣になっていて、開くと虫がゾロゾロ這い出してきてキモいので、読もうとする人はいない。もう片方に積んであるのは、漢籍の類だ。大事に並べてくれた夫が亡くなったので、手を触れる人もいない。暇を持て余して一冊二冊取り出して読んでみれば、侍女たちがより集まって何やら

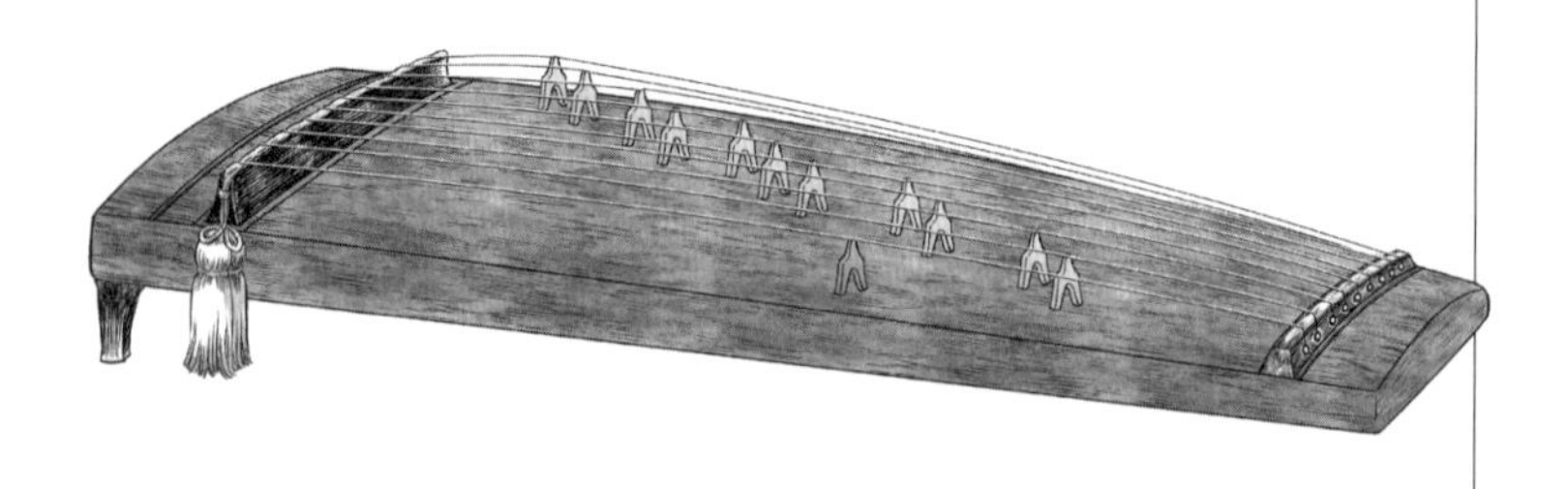

陰口をたたいているのが聞こえてくる。「あのお方はこんな本ばかり読んでいらっしゃるから幸せが逃げていくのよ。なんで女が漢文なんか読むの？　昔は女がお経を読むのでさえ止められたのに」

「フーン、そうやって縁起をかついだ人がのちのち長生きした例なんてあったっけ？」と言いたいところだけど、上の立場の人間がレスバトルを仕掛けるなんて思慮に欠けるというものだ。実際幸薄いし、彼女たちの言い分はもっともなのだった。

五二　クセつよな私の処世術

人生なんて、人それぞれ。自信たっぷりにキラキラして楽しそうに見える人もいれば、何をしていてもさみしくて、何にも夢中になれない私みたいな人もいる。そんな私が古い手紙を引っ張り出して読んだり、仏道修行に励んで数珠をジャラジャラ鳴らしながらお経をブツブツ唱え続けたら、かなりヤバい印象を与えてしまいそうだ。だから私は好きにやればいいようなことさえ、侍女たちの目を気にして慎んでしまう。

まして宮仕えで他人と関わっているときは、言いたいことがあっても、「いや、言わんとこ」と思う。わかってくれない人に言っても無駄だろうから。やたら人の文句ばかり言ってデキる女ヅラしている人の前では、ウザすぎて口をきく気にもなれない。なんでもかんでも得意な人なんてめったにいやしないのに、ただ自分の心の中で勝手にこしらえたものさしで、人にダメ出ししているのではないかと思う。

そういう人は、本心を隠しておとなしくしている私の顔を見て、「私に気おくれしてるのね」と思い込んだりする。それでも顔をつき合わせて一緒に座っていなければならないときもある。別に気おくれしているわけじゃないけれど、あれこれ非難されるのが面倒なので、おバカのふりをしてやり過ごす。すると、

「あなたがこんな人だとは思わなかったわ。『源氏物語』の作者が来るっていうから、すごく気取っててご立派で、とっつきにくいトゲトゲした人なのかなって思ってた。物語好きで教養をひけらかして、すきあらば和歌を詠む、みたいな。それで人を人とも思わない、憎たらしく人を見下す人に違いないって。みんなそう言って嫌っていたの。でもお会いしたら不思議なくらいおっとりしていて、別人かと思ったわ」

と皆が口々に言うので、恥ずかしい気持ちになった。こんなに天然ボケだとバカにされていたとは。でも、これを自分の性格ってことにしてしまえば好かれるんだな、と気持ちを切り替えることにした。以降、ずっとそうふるまってきたおかげで、中宮様も、「あなたとは絶対打ち解けることはできそうもないと思っていたけど、他の人よりずっと仲良しになっちゃうなんてね」と折に触れ、おっしゃってくださる。クセが強いなりに優しそうにふるまって、中宮様から一目置かれている上臈の女房たちからも、ひがまれないようにしたいものだ。

五三　結局、無難が一番

女性は見た目を感じよくして、全体的にゆるふわにふるまって、少しのほほんとしてるくらいがいい。そういう落ち着いた態度をベースにしていれば、上品さや教養も魅力になるし、親しんでもらえる。

または、男好きで惚れっぽい女性であっても、根が素直で周囲に気を使わせない人なら大丈夫。感じが悪いとは思われないと思う。
「自分は人とは違う」とばかりに奇をてらいがちでもったいぶった態度をとる人は、本人は配慮しているつもりでも、日常のちょっとした所作に注目が集まってしまう。みんなの目に留まれば、口から出る言葉、場に入ってきたときの態度、立ち去る後ろ姿にまで、必ずツッコミどころが見つかるものだ。言っていることがちぐはぐな人、人のことをすぐけなす人は、さらに細かくアラ探しをされてしまうだろう。素直な人であれば、つまらない揚げ足取りはしないであげようと気遣ってもらって、うわべだけでも優しくしてもらえるのにね。

わかっていて感じの悪い態度をとる人も、うっかり悪事をやらかす人と同じく、遠慮なく笑ってやっていいと思う。すごく性格がいい人は、嫌われている相手にでも、その人のことを思って世話をしてあげられるけど、ふつうはそんなことできない。慈悲深くおいでの仏様でさえ、三宝（仏・法律・僧）を悪く言う罪が軽いなんてお説きにならなかった。ましてやこれほど濁りきった俗世間の人なら、つらく当たる人につらく当たり返すのは当然のことだ。相手を言い負かしてやろうとひどい言葉を投げつけ、面と向かってガンを飛ばしてくる人。そんなことはせず、本心を隠してうわべは穏やかにふるまう人。どちらのふるまいをするかで、その人のレベルがわかるというものだ。

五四　日本書紀おばさんと呼ばれて

左衛門の内侍という人がいる。よくわかんないんだけど、妙に私のことを嫌っているみたい。身に覚えのない不愉快な陰口をたくさんふれまわっているのが耳に入ってくるんだよね。たとえば、一条天皇が『源氏物語』を女房に読ませてお聞きになっていたときに、「この人に日本書紀の講義をしていただかなくちゃいけないな。本当に漢学の素養がある」と冗談まじりにおっしゃったことがある。それを聞いた左衛門の内侍は、思い込みで「漢学の知識をひけらかしてるんですってよ」と殿上人たちに言いふらして、「日本紀の御局（日本書紀おばさん）」というあだ名をつけたらしい。マジうける。実家の侍女の前ですら漢籍を読まないように気を使っているのに、宮中で知識をひけらかすわけないっつーの。

なんで私が漢字を習い覚えたかというと、弟の式部丞が子供時代に漢籍の読み方を習っていたとき、私はいつもそれをそばで聞いていたからだ。弟が暗唱に時間がかかったり、忘れたりするところも、私は不思議なくらい理解が早かった。学問に力を入れていた父は、「悔しいなあ。この子が男の子じゃないなんて。おれは運が悪いよ」といつも嘆いていたものだ。

ところが「男でも漢文の知識をひけらかすやつはどうかねえ。大した出世はしないと思うね」と人が言うのをだんだん耳にするようになってからは、長いこと「一」という漢字すら書かないできた。今はもう、情けないくらいへたっぴだ。昔読んだ漢籍なんかも、ずっと目もくれないできた。それなのに、こんな悪口が出回っているなんて。うわさを聞いた人は、どれだけ私のことを感じ悪く思うだろうと、いたたまれない気持ちになる。

だから屏風の上に書いてある言葉さえ読めないふりをしていたのに、中宮様は私に

『白氏文集』の一部を読み上げさせたりする。どうやら、漢文方面のことをお知りになりたいようだ。それでおととしの夏ごろからこっそり、他の女房がいない時間に『白氏文集』のうちの「新楽府」二巻セットをゆるっとお教えしている。

もちろんこのことは二人して内密にしていたけれど、道長殿も一条天皇も勘づいたようで、道長殿は書家に立派な字で書かせた漢籍の豪華本を中宮様にプレゼントなさった。ほんと、こんなふうに中宮様が私に漢文の講義をおさせになっていることまでは、さすがに文句言いの内侍もまだ聞きつけてないはず。このことを知ったら、どんだけ悪口を言いまくることか。世の中めんどくさいことばかりでダルいわー。

『白氏文集』は白居易の詩文集だよ。平安時代の貴族の間で大流行して、『源氏物語』もその影響を受けているよ。「新楽府」はそのうちの巻第三・第四で、民衆が政治批判するような歌詞が収められているんだ。彰子は漢詩を通じて政治について学ぶことで、帝と仲良くなりたかったのかな。

五五　もう出家したい

さあ、もうここまで書いたら言葉を慎むのはやめよう。他人にとやかく言われても、ただ阿弥陀仏をたゆまず信じてお経を習得しようと思う。世のイヤなこと全部、一ミリも心に響かなくなったから、出家しても仏道修行を怠けたりすることはないはずだ。とはいえ、一途に世間から解脱しても、臨終のお迎えの雲に乗るまでの間、心がふらふら迷うようなことがあるかもしれない。それで出家をためらっているところがある。

年齢も、出家にちょうどいい年ごろである。今よりさらに老いぼれたら、目が霞んでお経が読めなくなるだろうし、気力もますます衰えていくだろうしね。信心深い人のまねをしているようだけど、今はただ、出家のことしか頭にない。といっても、罪深い人間は出家しても極楽に行けるとは限らない。私って前世でどれだけ悪業を犯したんだろうと言いたくなるようなつらいことばかりが多い人生だったことを思うと、なにもかも悲しい。

五六　愚痴も悪口もこれでおしまい

手紙では書ききれないようなことをたくさん書いてしまったな。ここまで読んでくれたあなたに、良いことも悪いことも、世間のあれこれも自分の悩みも、残さずお話し申し上げたかったの。ヤバめな人の悪口も、ここまで書かなくてもよかったかな。だけどさみしく暮らしているあなたに、人に囲まれていても私もさみしいんだよー！ってことをわかってもらいたかったのね。あなたもぜひ、思っていることを書いてくれない？　私みたいな無駄話ばかりじゃなくてもいいからさ。読みたいのよ。万が一この文章が広まったら、すごく大変なことになるだろうけどね。聞き耳を立てている人も多いから。このごろは使い古しの紙もみんな破ったり焼いたりしてなくしてしまったし、お人形遊びのおうちづくりにこの春使いきってからは、新たに届いた手紙もない。新品の紙にあらたまって書くのもな、と思っていたら、だいぶみすぼらしい体裁になった。決して雑に書いたわけじゃないの。目立ったら困るからあえてこうしたわけ。

これをご覧になったら、すぐお返しになってほしい。読めないところ、文字が抜けているところもあるだろうけど、そんなところはまあ、読み飛ばしてください。
こんなふうに世間のうわさばかり気にして文を締めくくるのも、いまだに自分への執着を捨てられない業の深さを感じてしまう。はー、どうすればいいんだろ。

四六から五六は誰かへの手紙みたいな文章だね。原文にはあて先はないけど、実家に残してきた娘のために、将来の宮仕えに備えた処世術を伝えておきたかったのかな。

第二章　浮かれてはいられないお年頃

五七　土御門邸で舟遊び

十一日の明け方に、中宮様は土御門邸の池のほとりにある御堂（供養堂）にお渡りになられる。中宮様のお車には母上が同乗され、女房たちは舟に乗って渡った。私はちょっと遅れて夕方ごろ参上する。ちょうど教化が行われるところだった。比叡山や三井寺の作法のままに、大懺悔を行う。白い塔などをたくさん絵に描いて、楽しく遊んでいらっしゃる。公卿の皆さんはほとんど退出なさり、残っているのはほんの少しだ。

教化とは説法して善い道に導くこと。大懺悔は天台宗で夕時に行う勤行である例時作法のなかで輪唱する音曲だよ。貴族にとってこういう法会は社交イベントでもあったんだ。

後夜の勤行の担当僧は二十人いるけれど、教化での詠唱の仕方がそれぞれ違っている。でも祈ることは全員中宮様の状況についてだから、オリジナリティを追求するにも限度がある。それで言葉が出てこないことがたびたびあって、笑いが起きていた。

法会が終わって、殿上人たちはみんな舟に乗り、次々と漕ぎだして管弦の遊びをする。御堂の東の端の、北向きに押し開かれている妻戸の前に、池に下りられるように作られた階段がある。その欄干を手で押さえるように座っていらっしゃるのが、中宮の大夫だ。道長殿が中宮様のもとへちょっとお立ち寄りになると、中宮の大夫は宰相の君らと世間話をする。二人とも、中宮様の御前なのでなれなれしくしすぎないように緊張しているようだ。御簾の内側にいる宰相の君も、外側にいる中宮の大夫も、どちらもかわいい。

月が朧に顔を出し、若い殿方たちが流行りの歌を歌う。みんな舟に乗っているせいか、いかにも若者たちの楽しいバカ騒ぎといった感じだ。その中にひとり、五十代の大蔵卿ががんばって交じっている。さすがに一緒に歌うのは気が引けるらしく、人目につかないように小さくなっている。哀愁漂う後ろ姿がおかしくて、御簾の中にいる女房たちもこっそり笑う。
その姿に、つい「舟中で老いを嘆いているのかしらね」と漢詩をもじった一節が口からついて出てしまった。それを聞きつけた中宮の大夫が、「徐福文成誑誕多し」と詩の続きを朗唱なさる。その声も姿も、最高にかっこよく見えた。

紫式部の言葉は『白氏文集』巻三の詩「海漫々」の詩句「童男丱女舟中に老ゆ」（徐福が始皇帝の命で不老不死の薬草を求めて蓬莱山を目指したがたどり着けずに随行した少年少女が舟の中で老いてしまった）にちなんだものだよ。中宮の大夫はそれを踏まえて続きの詩句を口にしたんだ。

舟の上の若者たちが、笛の伴奏で「池の浮草〜♪」などと今様を歌うのが聞こえてきた。夜明けの風の気配さえ、いつもと違って感じられる。こんなどうってことない光景でも、場所と季節がいいとスペシャル感がある。

「池の浮草」は『梁塵秘抄』にも収録された失恋ソングの一部。「我を頼めて来ぬ男」(愛してるって言ったくせに逃げた男)に、「角三本生えた鬼になって嫌われろ~霜と雪と霰が降る田んぼの鳥になれ~そして足が冷たくなれ~池の浮草になってずっとフラフラしとけ~」と恨み言を言う内容だよ。

五八　私に『源氏物語』みたいな恋愛を期待しないでほしい

ある日のこと、中宮様の御前に『源氏物語』が置かれていて、道長殿がふとそれに目を留められた。そしていつもの冗談ついでに、梅の実の下に敷かれている紙に和歌をお書きになった。

すきものと　名にしたてれば　見る人の

折らで過ぐるは　あらじとぞ思ふ
（梅はすっぱくておいしいとみんな知っているから枝を折らないで行く人はいないが、あんなラブストーリーを書けるあなたも恋愛マスターだと評判だから、一目見て口説かない人はいないと思うけど？）

いやいやいやいや。あわてて返歌を書いて、

人にまだ　折られぬものを　たれかこの
すきものぞとは　口ならしけむ
（まだ誰にも口説かれてませんが？　誰が恋愛マスターなんて言ってるんです？）

ひどいですよ！と申し上げた。

渡殿の女房部屋で寝ていた夜、誰かが部屋の戸を叩く音が聞こえた。こわいので返事をせずに夜を明かす。翌朝、こんな和歌が届いた。

よもすがら　水鶏よりけに　なくなくぞ
まきの戸口に　たたき侘びつる
（こっちはコンコンコン鳴く水鶏よりもせつない気持ちで一晩中泣いて木戸をコンコン叩き続けたのにがっかりだな～）

返歌を書く。

ただならじ　とばかりたたく　水鶏ゆゑ
あけてはいかに　くやしからまし
（ただごとじゃない勢いで戸を叩く水鶏は期待が大きそうですから、戸を開けていたらどれだけ後悔していたことか）

ドアを叩いた男性の名は書いていないけど、直前に道長とやりとりしていることから、道長なのではないかと言われているよ。

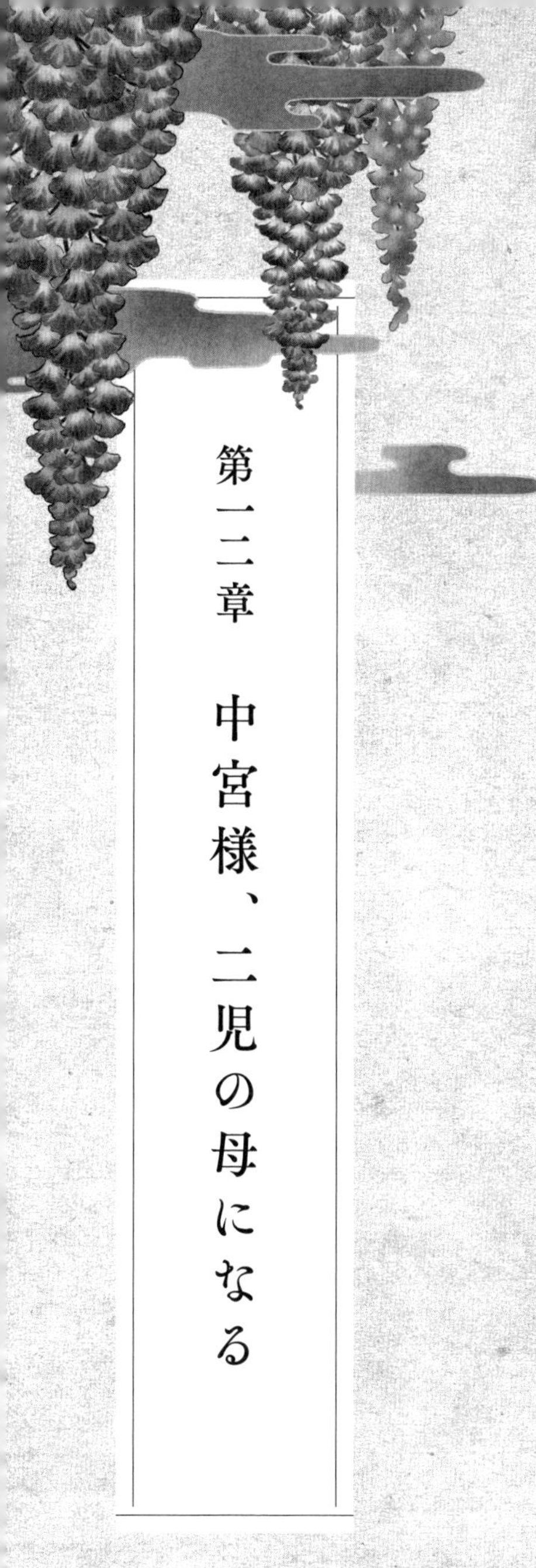

第一二章　中宮様、二児の母になる

五九　兄弟で頭にお餅をのせられる

寛弘七年になった。今年は正月三日まで、若宮たちが御戴餅の儀式のために毎日清涼殿に参上なさる。そのお供に、上臈の女房たちもみんな参上する。

出産の様子は記されてないけど、敦成親王が生まれた一年後の寛弘6年11月に第二子の敦良親王（のちの後朱雀天皇）が生まれていたから、〝若宮たち〟になっているよ。

左衛門の督（藤原頼通）が若宮たちをお抱き申し上げ、道長殿がお餅を取り次いで帝にお差し上げになる。二間の東の戸に向かって、帝が若宮たちの頭上にお餅をおのせになるのである。三日間のあいだ、抱っこされた若宮たちが帝の御前に参上したり退下したりなさる儀式は見ごたえがあった。里から帰ってきたばかりの中宮様は参上なさらない。

　今年の元日は、御薬（おくすり）の儀のお給仕役を宰相の君が務めた。例年どおり、お給仕役の衣装は色の組み合わせなどが特別凝っていて、とてもすてきだ。御膳を取り次ぐ女蔵人としてお仕えするのは、内匠の君や兵庫の君である。前髪を上げるスタイルになると、お給仕役だけがひときわ目立って映えるのは、悲しいけど仕方のないことである。御薬の儀の女官として、文屋（ふや）の博士が賢そうにふるまっていた。儀式のあとで膏薬が配られるのは、例年のとおりである。

御薬の儀はお正月の三が日の朝、宮中で御薬（屠蘇・白散・度嶂散）を入れたお酒を帝に献上する行事のことだよ。

六〇　道長じいじ、孫二人をめちゃめちゃにかわいがる

例年一月二日は、中宮様に拝賀に訪れた貴族たちを饗宴でもてなす「大饗」が行われるのだけど、今年は中宮様が産後ということもあり、とりやめになった。その代わり、一月二日に摂政・関白・大臣の家で公卿と殿上人をもてなす「臨時客」は寝殿の東廂の障子などをとり払って、例年のとおり行われた。

参加した公卿は、大納言、右大将、中宮の大夫、四条大納言、権中納言、侍従の中納言、左衛門の督、有国の宰相、大蔵卿、左兵衛の督、源宰相らで、向かい合ってお座りになっている。源中納言、右衛門の督、左右の宰相の中将は、長押のあたりの、殿上人の席の上座に着席された。

若宮様をお抱きしてお出ましになった道長殿は、いつものご挨拶を若宮様に言わせておかわいがりになる。奥様に「弟宮様をお抱きしましょう」と道長殿がおっしゃると、お兄ちゃんの若宮様は激しくやきもちをやいて「やだー」とだだをこねる。それがまたかわいくてならない道長殿がせっせとなだめるのを、右大将らが面白がっている。

その後、公卿たちは清涼殿に参上なさる。帝が殿上の間にお出ましになって、管弦の遊びが始まった。道長殿はいつもどおり酔っぱらっている。酔った殿はやっかいなので隠れて座っていたのに、見つかってしまった。

「なんであなたのお父さんは演奏会に呼んだのに、伺候もしないで急いで退出しちゃったの？　偏屈なの？」と早速からまれる。

「許してほしかったら和歌を一首詠みなさい。親の代わりだ。今日は初子の日だからね。さあ、詠め詠め」と催促された。初子の日、つまり正月の子の日には、千年の齢を持つ小松（松の若木）を引き抜いて庭に植えて長寿を願ったり、新年のお祝いの和歌を詠んだりする風習があるのだ。でも、ここですぐに詠みだしたら文才をひけらかしているみたいでイタいから即答はやめておく。

ほろ酔いで顔の色をきれいに染め、灯火に照らされた道長殿は華やかで、理想を叶えた人そのものに見えた。

「ここ何年かの中宮様はぽつんと一人ぼっちでさみしそうに見えたけど、左右に若宮たちがいてうるさいくらいなのを拝見できてうれしいよ」と言いながら、帳を開けておねんね中の若宮様たちをのぞきこむ。そしてふと「野辺に小松のなかりせば」と口ずさまれた。私が新しい和歌を詠むよりも、殿みたいにキラキラした人生を歩んでいる人がドンピシャな引用をここぞというところでかますほうが、めでたさがきわだつなあと思う。

壬生忠岑（みぶのただみね）の和歌「子の日する野辺に小松のなかりせば千代のためしに何をひかまし」（子の日の遊びをする野辺に若い松がないなら、千年の長寿にあやかるために何を引けばいいのか）の一節だよ。若宮たちを思わせる「小松」という言葉のある初子の日のめでたい和歌を選ぶなんてさすがだね。

翌日の夕方、早くも春めいて空が霞みわたっている。ぎっしりと建物が立ち並んでいて、空は渡殿の上のほうにわずかに見えるばかり。小さな空を眺めながら、中務の乳母と「昨夜の道長殿が口ずさんだの、かっこよかったよね〜」と話す。この女房は教養があって、センスも信頼できる人なのだ。

六一　弟宮の五十日のお祝い

正月十五日には、弟宮の五十日のお祝いが開催される。ほんのちょっとだけ里に退出していた私は、間に合うようにその日の夜明け前に参上する。小少将の君は、すっかり夜が明けた中途半端な時間帯に帰参した。

私たちはいつものように同じ部屋で過ごす。二人の部屋を一つに合わせて、どちらかが里帰りしている間もそこで暮らしている。二人同時にいるときは、几帳で隔てている。

道長殿はそれを見て笑い、「お互い知らない男性を部屋に誘うときはどうするの?」

と生々しいことを聞いてくる。でも、二人ともそんなよそよそしい間柄じゃないから遠慮はいらないのだ。

日が高くなってから、中宮様のもとに参上する。

小少将の君は、桜襲の織物の袿の上に、赤色の唐衣を着て、模様を摺ったいつもの裳を合わせていた。私は紅梅の袿に萌黄の表着、柳襲の唐衣を着て、トレンドをおさえた柄を摺った裳という若作りぎみの服装。小少将の君と取り換えたほうがよかったかもしれない。

帝付きの女房たち十七人が、中宮様のところに参上している。弟宮のお給仕役は橘の三位が務める。お膳の取り次ぎ役は、端では小大輔と源式部、母屋の内側では小少将の君がお仕えする。

帝と中宮様がお二人で、御帳台の中にいらっしゃる。朝日のように光り輝いて、まばゆいくらい立派なご様子だ。帝は直衣に小口の袴姿、中宮様はいつもの紅の袿に、紅梅、萌黄、柳、山吹の袿を重ね、表着には葡萄染の織物をお召しになっていた。一番上にお召しになっているのは、模様も色も斬新で今っぽい柳の上白の小袿だ。

あちらは人目が多すぎるので、私は御帳台の裏側にそっと入り込んでじっとしていた。

中務の乳母が弟宮を抱っこして御帳台の間から南のほうの会場にお連れする。容姿は上品ですらりとしているとはいえないけど、ゆったり堂々とした風格があり、子供を教育するという役割にふさわしい知的な雰囲気がある。葡萄染の織物の袿と無地の青色の表着の上に、桜襲の唐衣を着ていた。

その日の女房の服装は、どれをとってもおしゃれのきわみだった。だけど、お膳を取り次ぐときに御簾の下から手を出した女房の袖口の色の組み合わせがたまたま微妙だったとかで、宰相の君などはあとから「大勢の公卿や殿上人たちにめっちゃ見られてたじゃん!」と残念がっていらっしゃったみたいだ。

でも私は、それほど悪かったとは思わない。同系色ばかりでメリハリに欠けていたというだけだ。伊勢の大輔は、紅の単衣に紅梅襲の袿の濃いのや薄いのを五枚重ね、その上に桜襲の唐衣。源式部は濃い紅梅の裳の上にさらに紅梅の綾織物の表着。確かにピンク尽くしだが、こういうコーデがないわけじゃない。

唐衣が織物でないのが微妙ってことなら、それは帝の許しを得た女房しか着られないのだから無理である。明らかなミスであれば横から指摘するのもいいだろうが、ファッションセンスの良しあしなんて、わざわざ言うべきことでもないと思う。

弟宮にお餅を献上する儀式が終わり、御食膳などを下げると、宴会のスタートだ。廂の間の御簾を巻き上げると同時に、帝付きの女房たちが御帳台の西側の昼の御座（ひのおまし）のあたりに移動し、重なるようにして並んで座る。橘の三位をはじめとして、典侍（ないしのすけ）たちも大勢参上していた。

中宮付きの女房たちのうち、若い女房は長

押のあたりに座り、上臈の女房たちは東の廂の、南側の障子を外して御簾をかけてあるところに座る。御帳台の東側の隙間がほんの少しあいているところに大納言の君や小少将の君が座っていらっしゃったので、私もそこに入れてもらって祝宴を拝見した。

帝は畳の上に唐綾の敷物をしいたお席におつきになり、前にお膳が並べられた。食器類や料理の盛り付けの豪華さは、言葉では言い尽くせない。南の簀子は公卿がたのお席で、帝に向き合う形で西から位の高い順に座る。左大臣、右大臣、内大臣、そして東宮の傅、中宮の大夫、四条の大納言という並びだ。それより下座は私の席からは見えない。


管弦の遊びが開催される。殿上人はこちらの東の対の東南にあたる廊に控えている。殿上の間に昇殿を許されない六位以下の「地下」の人の席は屋外に設定されていて、藤原景斉の朝臣、藤原惟風の朝臣、平行義、藤原遠理といった人々がいる。

殿上では、四条の大納言が拍子🐾をとり、頭弁が琵琶、琴は□□（不明）、左の宰相の中将が笙の笛を担当したらしい。双調🐾の調子で、催馬楽の「安名尊」、次に「席田」「此殿」などを歌う。管弦の楽曲では、唐楽「迦陵頻」の三曲のうち破と急を演奏する。

西洋音楽のハ長調やト短調のように、雅楽にもいろいろな「調子」があって、双調はその一つ。ドレミでいえばソ（G）の音を主音にした調子だよ。拍子は笏拍子といって、笏（束帯の装束の装具の一つ）を縦に二つに割った形をしている打楽器だよ。

右大臣が、「和琴が実にすばらしいですな！」などと激賞する。右大臣はこのあと、おふざけがすぎて大変なやらかしをしてしまった。あまりにかわいそうで、見ていたこっちの体が冷えきってしまうくらいだった。

笛の名手である帝への道長殿の献上物は、笛の名器「歯二つ」だった。箱入りだとお見受けした。

藤原道長の日記『御堂関白記（みどうかんぱくき）』によれば、酔っぱらった右大臣が帝の食膳にあったかざりをとろうとして折敷（角盆）に手をついてこわしちゃったらしいよ。

……ふう、これで日記の解説はおしまい。おやすみなさい。

ねうねう（寝よう寝よう）。

日記の後の私たち

令和の皆さん、こんにちは。『紫式部日記』、どうでした？　あ、私は紫式部（亡霊）です。なんで亡霊になっているかって？　死後、「紫式部は物語という嘘で人々を惑わせたから地獄に堕ちた」なんて言われて、おちおち成仏できなかったの。仏教の五戒の一つに「不妄語戒」（嘘をついてはいけない）というのがあって、当時は架空の物語を書くのも嘘ってことにされていたのね。中世の『源氏物語』ファンが「源氏供養」っていう仏教イベントを開いてくれたおかげでどうにか地獄から脱出できたけど、せっかく亡霊になったことだし、続きが気になる読者のために、その後の私たちについてざっくりお伝えするね。

この日記執筆の一年後の寛弘八年、一条天皇は32歳で亡くなってしまった。天皇が後継に望んでいたのは定子様が生んだ第一皇子・敦康親王だったのだけど、そんなの道長殿がおとなしく認めるはずがない。周囲の忖度の結果、四歳の敦成親王が皇太子に立てられることになった。のちの後一条天皇ね。道長殿はもくろみどおり、天皇の外祖父として摂政になれたわけ。その後、彰子様の妹二人（妍子・威子）も中宮になった。まさに「この世をばわが世とぞ思ふ望月の欠けたることもなしと思へば」よね。

ただ、彰子様は道長殿が敦康親王をないがしろにしたことに、とてもお怒りになっていたの。あのおとなしくて温和な彰子様がよ？　でも、彰子様のお気持ち、私はよくわかる。まだ少女なのに一人ぼっちで放り込まれた宮中で、母を亡くしたばかりの敦康親王を実の子のようにかわいがって育てていたのは彰子様なんだもの。道長殿にとって定子様の子供は邪魔者でしかなかったかもしれないけど、彰子様にとっては父親に反抗してでも守るべき存在だったのね。やっぱり彰子様は探してでも仕えるべき、芯の通ったすてきなお方よ。

私は皇太后となった彰子様について内裏を去り、引き続き彰子様の御所で女房として働くことになった。女房の衣の数をクソまじめにチェックしてた藤原実資っていたでしょう。実直なところが良かったのか、彰子様も実資びいきで、実資はたびたび彰子様の御所に伺候していたの。彼の日記『小右記』に皇太后・彰子様の取次役として出てくる女房の「為時の女（むすめ）」は、何を隠そうこの私。自分の日記で「仕事キライ！　早く出家したい！」ってさんざん言ってたくせに、まじめ官僚に信頼されるシゴデキ女房になってしまった。私も根がまじめだから、つい仕事をがんばっちゃうんだよね……。

大親友の小少将の君は心配していたとおり、日記執筆の数年後、はかなく亡くなってしまった。私がどれだけ嘆き悲しんだことか。そのとき詠んだ和歌は『紫式部集』にまとめたので、興味のある人は読んでみてほしい。

実家に残した娘の賢子は成長後、私と同じく彰子様付きの女房になった。後冷泉天皇の乳母までのぼりつめて、女房としては私より大出世したの。後冷泉天皇の即位とともに従三位になったから、女房ネームは大弐三位。三位ってすごいでしょう？　この日記で宮仕えライフハックを書き残した甲斐がありました。

私と違って華々しい恋愛遍歴を重ねた賢子が最初に結婚したのは、宰相の中将として五節の舞姫の一人をプロデュースした藤原兼隆だった。道長殿の亡兄・道兼の次男よ。兼隆は道長殿のご子息たちに出世を追い越されてから、自家の厩舎人をぶん殴らせて殺しちゃったり、従者に実資の下女の家を破壊させたり、大変なバイオレンス貴族になっちゃった。この日記で夫の選び方についても書いておけばよかったかな……って、それは私も知らないんだった。

バイオレンスといえばさ、内蔵の命婦（くらのみょうぶ）っていたじゃない？　ほら、道長殿の五男・教通様の乳母で、勅使に選ばれた教通様の出立の儀式を見て感動の涙にむせんでいたベテラン女房よ。モブキャラすぎて覚えてない？　彼女、教通様の随身と下女三十人を動員して、夫の浮気相手の家を襲撃したんですってよ。そこまで夫にのめりこめるなんて、ある意味うらやましいわ。お達者よねえ。

そうそうお達者といえば、まじめ官僚の実資なんだけど、五十代半ばで千古ちゃんという娘を授かったそうよ。あんなに女房の衣の数にうるさかったのに、娘は「かぐや姫」呼ばわりしてめちゃくちゃ溺愛したんですって。何それ。

ね、人生ってほんと、人それぞれだよねえ。

紫式部

あとがき

本書は『紫式部日記』の令和言葉による全訳に、日記の歴史上の位置づけがわかるよう史実をもとに創作した「この日記を書くまでのはなし」「日記の後の私たち」を前後に付け加えたものです。

すでにすばらしい現代語訳がいくつもあるなかで、本書は背景知識のない中学生でも読める訳文にすることを心がけました。そのため、本来なら注に入れるような情報を本文で補いつつ訳しています。本文に入れ込みづらい注は、『源氏物語』に登場する女三の宮の飼い猫ちゃんに補足してもらいました。

もうひとつ心がけたのが、日記執筆当時の紫式部が三十代だったことをふまえ、現代の働く三十代女性らしい文体に近づけることで、天然で面白い紫式部の人柄を身近に感じてもらうことです。

『紫式部日記』というと、清少納言を攻撃している箇所ばかりが有名で、闇が深いイメージがあります。確かに、明るくて男友達もいっぱいいた天真爛漫な清少納言に比べれば、紫式部は「陰キャ（＝陰気なキャラクター）」に見えます。ですが、宮仕えに慣れて男と向かい合っても平気になったらどうしよう……それでああなったりこうなったりしたら……と仕事の最中に妄想を繰り広げた挙げ句、自分にツッコむくだりなどは、引っ込み思案な女子ならではの面白さがあります。この引きこもり体質と自由すぎる妄想力があればこそ、あの長大な物語を書き上げることができたのでしょう。

行幸に遅刻するくらいやる気レスだった紫式部が、少しずつ女房の職務に目覚めていくのも、この日記の面白いところです。ポンコツ文化系だったはずが、女子バスケ部の先輩のように同僚たちにダメ出しをしたり、強盗事件の際も真っ先に中宮のもとにかけつけたりと、後半はすっかりベテランの風格です。宮中というタフな職場を生き抜くなかで、いろいろな意味で強くなったのでしょう。

なお、同僚たちへのダメ出しが含まれる手紙形式で書かれた箇所（四六〜五六）は、「消息文（しょうそくぶん）」と呼ばれ、日記のなかで一番勢いがあって面白いところです。原文では、会話文や手紙文に用いる語尾「侍り（はべ）」が多用されています。「侍り」は身分の高い人の前でへりくだる言葉なので、本来は「です・ます」調で訳すべきところですが、本書は令和言葉訳ということで、口語に近い語尾というあつかいにしました。三十代の働く女性が職場の文句を近しい人にＬＩＮＥやメールで伝えるとき、「です・ます」調にはならないだろうと思ったからです。口語にしてみたら、まるでカフェで隣から聞こえてきたＯＬたちの愚痴のようで、紫式部がますます身近に思えたのですが、いかがでしょうか。

最後になりましたが、専門家の視点から的確な指摘をしてくださった監修の山本淳子さん、上品かつかわいらしいイラストを手がけてくださったイラストレーターのかわもとまいさん、女三の宮の猫ちゃんに解説を担当させるなど楽しいアイデアを提供してくれた扶桑社の木村早紀さんに、この場を借りてお礼を申し上げます。ありがとうございました。

堀越英美

参考文献

山本淳子訳『紫式部日記　現代語訳付き』角川ソフィア文庫、二〇一〇
山本淳子『紫式部ひとり語り』角川ソフィア文庫、二〇二〇
宮崎荘平訳『紫式部日記(上・下)全訳注』講談社学術文庫、二〇〇二
中野幸一 校注・訳「紫式部日記」(『新編　日本古典文学全集26・和泉式部日記／紫式部日記／更級日記／讃岐典侍日記』所収)
藤原道長著、繁田信一編『御堂関白記　ビギナーズ・クラシックス』角川ソフィア文庫、二〇〇九
国際日本文化研究センター「摂関期古記録データベース」
太田静六『寝殿造の研究』吉川弘文館、一九八七
倉田実編『平安大事典：ビジュアルワイド：図解でわかる「源氏物語」の世界』朝日新聞出版、二〇一五
五島邦治監修、風俗博物館編集『源氏物語と京都 六條院へ出かけよう』宗教文化研究所、二〇〇五
室伏信助ほか編『有職故実　日本の古典』角川書店、一九七八
佐藤晃子著、伊藤ハムスター(イラスト)『源氏物語 解剖図鑑』エクスナレッジ、二〇二一

堀越英美　ほりこし・ひでみ

1973年生まれ。文筆家。早稲田大学第一文学部卒。著書に『エモい古語辞典』(朝日出版社)、『女の子は本当にピンクが好きなのか』(河出文庫)、『モヤモヤしている女の子のための読書案内』(河出書房新社)、『不道徳お母さん講座』(河出書房新社)、『スゴ母列伝』(大和書房)など。訳書に『自閉スペクトラム症の女の子が出会う世界』(河出書房新社)、『「女の痛み」はなぜ無視されるのか?』(晶文社)などがある。

山本淳子　やまもと・じゅんこ

京都先端科学大学教授。京都大学文学部卒業。高等学校教諭等を経て、1999年、京都大学大学院人間・環境学研究科博士課程修了。京都学園大学助教授等を経て、現職。『源氏物語の時代』(朝日選書)でサントリー学芸賞を受賞する。他の著書に『紫式部ひとり語り』(角川ソフィア文庫)などがある。

イラスト――――かわもとまい

ブックデザイン――――アルビレオ

DTP制作――――Office SASAI

校正・校閲――――小出美由規

編集――――木村早紀(扶桑社)

紫式部は今日も憂鬱

令和言葉で読む『紫式部日記』

発行日　二〇二三年十一月二十日　初版第一刷発行
　　　　二〇二四年　八月　十日　第四刷発行

著　者　堀越英美　紫式部

監　修　山本淳子

発行者　秋尾弘史

発行所　株式会社　扶桑社

〒一〇五-八〇七〇　東京都港区海岸一-二-二十　汐留ビルディング
電話　(〇三)五八四三-八八四三(編集)
　　　(〇三)五八四三-八一四三(メールセンター)
www.fusosha.co.jp

印刷・製本　株式会社　加藤文明社